宮廷書記官リットの優雅な生活

鷹野 進

目次

chapter 01
The graceful life of court clerk Litt
宮廷書記官リットの優雅な生活

第1筆　紅茶と仕事の優雅な生活

「休憩だ！」

　リットが羽根ペンを投げ出した。

「招待状の残りは一八六枚です。リット様」

　椅子の背にだらしなく身を預けた主へ、トウリが言い放つ。

「さっき休憩したばかりじゃないですか」

　午前の紅茶（イレブンジス・ティー）を済ませて、一時間と経っていない。

「さっきはさっき。今は今」

　屁理屈をこねて、リットが椅子から立ち上がった。

「ああ、手に鉄の蛇が巻きついているようだ」

　右手首の柔軟をしながら、執務室の中を歩き回る。その動きを追って、三つ編みの長い茶髪が尻尾のごとく揺れる。

　トウリがため息をついた。

「リット様。王家が催す夜会の招待状が遅れるなんて、不名誉極まりないですよ」

「知るか」

「あんた宮廷書記官でしょ！」

「俺は片田舎の代筆屋で満足していた」

「昔は昔、今は今です。働け！」

トウリが執務机の上に洋紙の束を置いた。一枚一枚に、王冠を戴いた金蔦が縁に描かれている。王家専用の手紙洋紙。

「有能な少年侍従を持って、俺は幸せ者だな。なんと優雅な生活か」

ははは、と乾いた笑みを浮かべ、リットが窓の外を見る。初夏の青空に刷毛で梳いたような薄雲が二筋。壮麗な白石造りの王城に、王旗がはためいている。

「では、インクが乾くまでの小休憩ということにします」

懐中時計を取り出して、トウリが律儀に時間を確認した。

「ああ、うん。お前も自由にしてくれ」

「かしこまりました」

トウリが執務机のカップとソーサーを下げる。暖炉の灰で保温していた紅茶を注ぎ入れ、窓辺に立つリットへ手渡す。

「どうぞ」

「ん。ありがとう」

長く、成人男性にしては細い指がソーサーごと受け取る。羽根ペンを握っていたその手に、インクの汚れは一切ない。

「そういうところが宮廷書記官ですね」

「何の話だ?」

リットの翠の目が瞬く。いえ、とトウリははぐらかした。

「まだアイスティーにしないのは、腹を下すと、招待状書きの執務に支障をきたすからですか」

ずずず、とリットが温い紅茶を啜(すす)る。

「まーな。締切りに遅れると、方々(ほうぼう)に迷惑が掛かる」

「そうお思いなら、今すぐ取りかかるべきかと」

「夜会の招待状を仕上げる期日は、まだ余裕あっただろ? 焦っては事をし損じる」

「御尤(ごもっと)も。ですが、リット様。あと百八十六枚です」

「ああ、今日は風があるようだ。紙が飛ばされないよう気をつけようそうしよう」

見上げるトウリの視線を無視して、リットが窓の外へ現実逃避した。


『——ぬう、何奴(なにやつ)!』

『はっはっは。悪党に名乗るには惜しいが、あの世への餞別だ。教えてやろう』

若い騎士は白いマントを翻した。

『我が名は、レオン・ランロット・ヴァーチャス!』

『何！　隠し名（ヴァーチャス）だと！』

『そうだ。王より賜りし栄誉の名だ。そして、お前を成敗する者の名だ！』

「〈白雪騎士物語〉か」

　背後からの声に、トウリは椅子から飛び上がった。

「ちょ、リット様。気配を消さないでください！」

　文官のくせに何故か武術の心得があるので心臓に悪い。

「面白いか、それ」

　トウリが座る椅子の背に腕を預け、開かれた本の紙面を覗き込む。主人公、白雪騎士と悪党の決闘場面。片側のページには、黒のインクでふたりの騎士の挿絵が描かれている。

「知らないんですか？　人気作品（ベストセラー）ですよ」

「どんなところが人気なんだ？」

　途端にトウリが目を輝かせた。

「強くて正義感がある白雪騎士が、とってもかっこいいです！　本当は先王の王子なのに、そのことを隠して現王に仕える忠誠心。現王も、実はすべて承知していて、だから白雪騎士の忠誠を信じて、隠し名（ヴァーチャス）を与えているんです！　そしてふたりだけの仕草の暗号とか！」

　はー、とトウリが息をつく。

「いいなぁ、超絶的信頼関係。いいなぁ、隠し名持ち」

「ふーん。じゃあ、トウリ。騎士になればいいじゃないか。武功を挙げて、王から栄誉の隠し名を賜れば?」

「僕にできると思っているのですか?」

「やる前から逃げるのは臆病者の一手だぞ」

「分を弁えているだけです。それに僕がいなかったら、誰がリット様の尻を叩くのですか」

「アメも鞭も、お前ほど知り尽くしている者はいないかな」

「リット様は物語をお読みにならないのですか?」

「まーな」

ふっと、翠の目が眇められる。

「所詮、この世は夢物語。嘘が真で、真が嘘。誰もが与えられた役を演じる影法師。それで十分さ」

「よく、わかりません」

「それでいい」

リットがトウリの茶色の頭を撫でる。くすぐったさと、嬉しさを誤魔化すように、トウリが懐中時計を取り出した。

「さあ、休憩は終わりです」

「Yes, Sir.」

「主人（サー）はあんたでしょう」

「どこの世に主人をあんた呼ばわりする侍従がいるかね」

「ここにいます」

　トウリが本に栞を挟む。椅子から立ち上がり、本棚へと〈白雪騎士物語〉を戻す。肩を回しながら、リットが執務机の前に座った。王家の手紙洋紙を手に取る。

「はー……」

　トウリがため息をつく。

「うん？」

「どこの世にあんた呼ばわりを許す主人がいるんですか」

　インク壺の蓋を開け、リットがにやりと笑う。

「ここにいる」

「そうですか」

「聞いておいて、そっけないな」

「ええ、まあ」

　トウリが机上の招待客リストを指差す。

「続きはコーネス家からですね。ご令嬢、リリア様宛です」

「ふーん。王も大盤振る舞いだな」

意味を図りあぐねたトウリが眉を寄せた。

「五年前に没落(ぼつらく)ったんだよ。コーネス家」

「名詞を動詞にしないでください」

トウリの苦言に鼻を鳴らし、リットが羽根ペンの先をインクに浸す。

「王子たちの妃には相応しくない家だが。何をお考えかね？」

夜会といえば、婚姻相手探しが目的だ。華やかに着飾った貴人たちが繰り広げる愛憎劇。権力闘争。

「ま、元々力ある貴族じゃなかったし。お前の憧れの隠し名持ち(ヴァーチャス)でもなかった」

「そうなんですか？」

余分なインクを壺の縁で落として、リットが洋紙にペン先を下ろす。

軽やかに文字が綴られる。

流麗で壮麗。絵画を描くように、羽根ペンが走る。

速い。

躊躇(ためら)いなく、綴字誤り(スペルミス)なく、文字を書き上げていく。黒インクの濃淡。文字を構成する線の太さ細さが秀逸。識字能力がない者でも、その筆跡の美しさにため息をつく。

トウリは静かに主を観察する。ありふれた茶の髪から透けて見える、翠の瞳。今は鋭利な光を宿して紙面に向けられている。その真剣さ。黙ってペンを持てば、王族のように毅然とした威厳を放つ。

「ん。こんなもんか」

リットが羽根ペンを置いた。

トウリは書き損じ洋紙——他の書記官のもの——を渡す。余分なインクを吸い取らせて、リットがコーネス家の招待状を手に持つ。全体の文字のバランスを確認する。

「いやあ、隠し名（ヴァーチャス）も略名もないから助かる」

「……文字が少なくて済むから、ですか？」

「うん。なんでお偉方は名前を長くするのかね？　王族は王族のくせに短いのに」

「不敬罪で投獄されますよ」

「仕事しなくてもいいなんて天国だ」

じとり、とトウリの目が据わる。

「働かざる者、食うべからず。首チョンパされたら、どうするんですか」

「はっはっは。若者言葉は物騒だな」

リットは心底面白そうに笑って、招待状に羽根ペンで代筆者名を書き入れた。

「斬首される前に、騎士団への紹介状を書いてくださいね。あなたは良いお人だった」

「おっと、トウリ。勝手に主人を殺すなよ」

「なら、働いてください」

完成した招待状を受け取って、トウリがリストを読み上げる。

「次は子爵家の、ルファド……」

コンコン、とドアがノックされた。

「はい」

トウリが取り次ぎでドアを開ける。文箱を持った青年侍従が一礼した。

「失礼いたします。リット・リトン様へ、殿下からです」

「ああ。ありがとう」

リットが外面の良い笑みで応える。手紙を受け取ったトウリが、ドアを閉めた。

ふたりして去って行く青年侍従の足音に耳を澄ます。遠ざかり、やがて消えた。

「あんた何やったんですか！」

叫びながら、トウリが手紙を手渡す。

「知るか！　何もしてない！」

「間が良すぎです！」

「ええい、動揺するな！　どっちの殿下だ？」

封蝋を剥がす。手紙を広げると、簡潔な一文だけ書かれていた。

——暇なら紋章の間に来い。

「暇じゃねーし！」

椅子から立ち上がったリットは、手紙を机に叩きつけた。

「ちょ、不敬罪ですよ！」

「はんっ。この程度で罪に問う器量の狭い主なんざ、こっちから願い下げだ」

「僕の将来も懸っているんですが！」

「あー、うるさい、うるさい！　行くぞ、トウリ」

椅子に掛けてあったマントを羽織った。白い三枚の羽根を銀のブローチで留める。

「待ってください！」

さっさと部屋を出て行く主の背を、トウリが慌てて追った。

第2筆　高貴なる方々の権謀な日常

「失礼いたします」

続きの間から足を踏み入れれば、部屋一面に様々な紋章が描かれていた。フルミア王家をはじめ、王国に繁栄をもたらした古き貴族たちの紋章。

「来たか」

窓辺にいた青年が振り向いた。金色の髪が陽光に透ける。紫の目は王族の証。

「忙しい時に呼び出して、悪いな」

「何を仰います」

手を胸に当て、リットが頭を下げる。

「貴方様にお会いでき、光栄ですよ」

翠の目が青年を射た。

「ラウル第一王子殿下様」

へえ、とラウルの紫の目が大きくなる。

「お前が二重敬称を口にするとは。すこぶる機嫌が悪いな」

「失礼、ラウル殿下。忙しかったもので」

「ふうん。王族より忙しいのか」

「主君、南面すれば忽ち国安からず、ですからねぇ」

のほほんとした声音とは裏腹に、リットは際どい皮肉を叩きつける。王は座っていれば国が治まる、という意味。

部屋の隅から小さな悲鳴が上がった。

「お前の主人は元気で何よりだな、トウリ」

「はっ！　有り難きお言葉」

「私の侍従を巻き込むのは、やめてください」

くく、とラウルが喉を鳴らす。トウリはきょとんとしている。

「で。ご用件は？」

率直すぎるリットに、ラウルが苦笑した。

「一応、格式高い紋章の間を選んだのだが」

「殿下と俺しかいないでしょう。第一王子たる者が、衛兵さえも遠ざけるとは」

トウリが気づく。紋章の間は静けさに包まれている。人の気配がまったくない。

「これでうっかり殿下を斬っちゃったら、確実に地下牢行きですね」

リットの軽口に、ラウルが腰の剣を指で叩く。

「お前は帯剣していないだろう？　宮廷書記官」

「ペンは剣より強いらしいです」

「弁論で斬ってもらいたい相手は他にいる」

　リットの柳眉が跳ねた。

「フィルバード・ヴァローナ嬢」

　ラウルが壁の一点を見つめる。歴代より、王に忠誠を誓う大貴族の紋章。

「……第二王子の婚約者が、いかがしましたか？」

「お前はどう思う。リット」

「うっわ。権謀術数の用件じゃん」

　盛大に顔をしかめたリットに、ラウルが呆れた。

「お前、衛兵がいなくて本当に良かったな。不敬罪で即座に討ち首だぞ」

「あ、やっぱりですか？」

　リットが壁際で固まっているトウリを見た。片目をつぶってみせる。

「何だ。お前たちで謀略でも練っていたのか」

「違います！」

　涙声でトウリが叫ぶ。

「まあ、戯言は横に置いて」

　ひどい！　と叫ぶ侍従をリットは華麗に無視した。

「フィルバード家は王妃様のご実家。つまり、ラウル様にとっても結びつきが深い公爵家でしょう。そのご令嬢が、何か問題でも？　って、まさか――」

リットが驚愕の表情を浮かべる。

「横恋慕ですか。うっわ、色事不祥事（スキャンダル）！」

「そんなわけあるか」

紫の目に睨（にら）まれ、リットがため息をつく。

「デスヨネ。何だ、つまらない」

「お前の趣味に付き合っている暇はない」

「情報収集は趣味じゃないんですが」

はっ、とラウルが鼻で笑った。

「生きるのに必死なのは良いことだ」

「人の世は生きにくいですからね」

「リット」

ラウルが間合いを詰めた。

「世間では悪役令嬢なるものが流行っているそうだ。その筆頭が、我が弟の婚約者であると耳にした」

第一王子の指が、リットの胸を示す。銀のブローチで留められた三枚の白鷺の羽根。窓から差し込む陽光に輝く。

「真実を綴れ。一級宮廷書記官、リトラルド・リトン」

省略されない名が、紋章の間に響いた。


「うん？」

回廊から庭園を見下ろして、リットが眉を寄せた。

「リット様。そんなところに上らないでください」

回廊の基壇、唐草のレリーフが彫られた石の上に、リットが膝を立て座る。

「ご歓談のお相手は、ヴァローナ嬢じゃないな」

色とりどりの花が咲く庭園、その一角のベンチで、少年と少女が微笑み合っていた。

「……間違いなく、第二王子のタギ様ですよね」

自分の肩ほどの基壇に手を掛け、トウリが覗き込む。

「ふーむ。相手がわからん。ありふれた栗色の髪にリボン。宝飾品は僅か。水色のドレスは一級品じゃないな。レースは……二段編み。貴族階級だったら下位だな」

「よくわかりますね」

　トウリが驚嘆の息を漏らす。

「ついでに第二王子と同じ年頃だ。話し相手としては、珍妙」

「ちんみょう……」

「奇妙ってこと」

「何故です？　お似合いじゃないですか」

　タギが膝の上で開いた本を指差す。遠目では何が書いてあるのかわからない。一言二言、タギが言葉を紡げば、相手の少女は口元を手で隠して上品に笑った。

「ほらな」

「いや、わかりません」

　トウリが不満げに眉を下げる。

「説明を省略しないでください」

「洋扇（クリム）を持っていない」

「そう言われれば……」

　水色のドレスの少女の手には、何もない。

「高価な洋扇（クリム）は、高貴なる淑女の証さ」

　リットは続ける。

「公爵令嬢とか侯爵令嬢とか、最低でも伯爵令嬢の方々は常に携帯している。彼女たちにとって、それは帯剣と同じ意味。選ばれた者の特権。財力の誇示。自慢。倨慢（きょまん）」

「倨慢ってなんですか」

「驕（おご）り侮ること」

「僻（ひが）み入っていません？」

リットが眦（まなじり）を吊り上げた。

「洋扇（クリム）に使うからって青鵞鳥（がちょう）の風切羽根を横取りされたことあるんだぞ！」

「あぁ、羽根ペンの材料ですか」

トウリが納得する。

「筆記道具の恨みは怖いですねえ」

「俺の商売道具だからな！」

「あんた十分な俸給もらってるでしょ。青鵞鳥の羽根はまた探せばいいでしょ」

「貴重な八年物だったんだよ！」

「しつこい男は女性（レディ）に嫌われますよ」

「はんっ。俺の恋文で落ちない女性（レディ）がいたら、是非お目に掛かりたいもんだ」

「――何やってんだ？」

灰色の髪の騎士が、回廊を通りかかった。

「おう、ジン。ちょうどいい」

「そんなところに座って。侍従を困らせてやるな」

　トウリが強く頷く。

「リットに愛想が尽いたら、近衛騎士団（おれのところ）でも来るか？」

「是非！」

　即答だった。

「素直な侍従を持って俺は幸せ者だなー」

　ちょいちょい、とリットがジンを傍に呼ぶ。

「何だ？」

「長身のお前は目立つ。回廊の柱に隠れていてくれ」

　ジンが柱の影に移動し、リットの視線の先を辿った。花咲く中、微笑ましい少年少女がいる。

「覗きは趣味が悪い」

「しょうがないだろ。回廊の二階、加えてこの角度でしか見えん」

　それに、とリットが続ける。

「第二王子のお相手なら、お前も覗きたくなるさ。近衛騎士団副団長どの」

　ジンの眉間に皺（しわ）が刻まれた。

「……婚約者のヴァローナ様ではなく、スミカ嬢か」

「知ってるのか？」

　リットの目が丸くなる。

「当主が貴族なのに学者肌なんだと。ひとり娘のスミカ嬢を、学問が盛んな隣国（シンバル）に留学させていたと聞く。最近、帰国したらしい」

「家名（かめい）は？」

「ストッコ子爵家」

「あー……」

　ジンの言葉に、リットの声が力をなくす。

「歴史はあるが、力も金もない。細く長く慎ましくって家柄だな」

「単なる話し相手のひとりなら、そんなに悪くないんじゃないか？　学のある大国と文通する才女だぞ」

「ジン。お前は、第二王子殿下の性格を知っているだろ」

　見上げるリットに、近衛騎士団副団長が苦笑する。

「明るくて、素直で、真っ直ぐな御方だ」

「夢見る無謀とは言わんのだな」

「それは聞かなかったことにするが。お前いつか不敬罪になるぞ」

　ひい、とトウリが泣きそうになった。

「有り難い友の忠告だなー」

「リット」

　あくまで軽い調子に、ジンが声音を低くする。

「王家の代筆を任される一級宮廷書記官なんだ。そのことを面白く思わない輩もいる。陥れられたらどうするんだ」

「そうなったら、ひと思いに首チョンパしてくれ。ジン」

　リットが唇の端を吊り上げる。

「一度死んだら、二度目も同じさ」

「ふざける——むぐ！」

　リットがジンの口を左手で押さえた。

「馬鹿。大声を出すな。気づかれる」

「……ふまんふぁった」

　もごもごとジンが謝罪する。リットが手を外し、庭園のベンチを見た。

「お？　第三者がご登場。第二幕開場」

「婚約者のヴァローナ様だな」

　ジンが呟く。うわあ、とトウリが驚いた。

「真っ赤なドレスに、金の宝飾品。目がチカチカします」

「公爵ご令嬢だから……、社交界の中心を担う方でもあるから……、それなりに華がないと

「……な」

言い淀むジンとは対照的に、リットが気色ばんだ。

「あっ、青鷲鳥の洋扇！　ちくしょう横取りしたのは、あいつだったのか！」

「どうしたんだ？」

訊ねるジンへ、トウリが首を横に振る。

「全然、まったく、お気になさらず」

「そうか？」

三人の眼下では、演劇よろしく修羅場が繰り広げられている。

『――ごきげんよう、タギ様』

ばさばさと青鷲鳥の洋扇をあおぎながら、ヴァローナがベンチへ近づいた。その後に着飾った三人の侍女たちが続く。

『よい天気ですわね。読書でございますか』

第二王子が表情を強張らせた。

『あらぁ？　タギ様の横に座ってらっしゃるのは、どこの公爵令嬢ですの？』

慌てた様子で、スミカ嬢がベンチから立ち上がる。

『――し、失礼いたしましたっ。わ、わたくしめは、これで』

『お待ちなさい』

　一礼して立ち去ろうとしたスミカ嬢を、ヴァローナが呼び止めた。

『アナタ、文学には詳しくて？』

　ヴァローナの発したであろう言葉に、スミカ嬢が目を見張る。

『……は、はい』

　おずおずと彼女が首肯すれば、ヴァローナが笑みを浮かべた。

『でも、服装（ファッション）には疎いようね。くすんだ水色のドレスなんて、いつの流行かしら？』

　ヴァローナが侍女たちを見れば、三人がくすくす笑い出した。

『あの黄ばんだレースを見まして？　みっともない』

『ルビーのひとつも身に着けていませんよ』

『やだ。洋扇（クリム）も持っていないじゃないの』

　かっと、スミカ嬢の顔が羞恥で赤くなった。両手でドレスを握り締める。

『まあ。アナタたち言いすぎよ。下々には、下々のご都合があるのですから』

　女主人の窘（たしな）めに、三人の侍女たちは口を閉じた。けれども嘲笑はやめない。

『ねえ、アナタ。もしよろしければ、これを差し上げるわ。貴重な青鷺鳥の羽根を使っていましてよ』

　ヴァローナが持っていた青鷺鳥の洋扇（クリム）を差し出した。

『……い、いえ。そのような高価な品を頂くわけには』

『あらそう？　ワタクシ、もっと高価で珍しい洋扇（クリム）をたくさん持っていますの。ひとつやふたつ、別に構いませんわ』

　スミカ嬢が俯き、首を横に振った。

『……そのような美しい洋扇（クリム）。わ、わたくしには、ふさわしく、ありませんから……』

　おーほっほっほ、ヴァローナの哄笑が庭園に響いた。

『身の程を弁えているじゃないの』

　ヴァローナが冷徹な目で睨む。

『わかっているのなら、さっさと消えなさい』

　顔を伏せたまま、スミカ嬢が退去の礼をする。そうして、早足でベンチを後にした。


「――とまあ、こんな感じかな」

「ですねえ」

　リットとトウリのふたりに、ジンが頭を抱えた。

「……勝手に吹き替えするんじゃない」

「この距離じゃ、何を話しているのか聞こえんからな」

　悪びれもせず、リットがジンへ振り向く。

「なかなか様になってただろ？　俺のヴァローナ嬢」

　トウリが小さく拍手をした。

「物語に登場するような、典型的な薄幸のご令嬢ですね。スミカ様」

「スミカ嬢のパート、トウリもうまかったぞ。腕を上げたな」

「ありがとうございます！」

　主従のやりとりに耐え切れず、ジンが回廊の柱に腕をつく。

「お？　どうした、ジン。持ち前の頭痛か胃痛か？」

「……不敬という文字は、お前の辞書にないのか」

「不稽という文字はあるぞ」

　嫌そうに、それでもジンが訊ねる。

「その意味は」

「うん？　でたらめ、滑稽、コケコッコー」

　ジンが剣の鯉口を切った。

「待て待て待て！　話せばわかる！」

　血相を変えたリットが、基壇から飛び降りた。

「話していても、わからんのだよ」

「この真面目！」

助けを求めてトウリを見るが、顔をそらされた。

「あなたは良いご主人様でした。僕は明日から近衛騎士団に入ります」

「身替わり早っ！　本当に俺は侍従に恵まれたな！」

「身から出たサビでしょう」

トウリがため息をつく。キン、とジンが剣を収めた。

「それで、リット。話を戻す」

真剣な表情で、ジンが腕を組む。

「何やってんだ？」


「おっ。〈白雪騎士物語〉じゃないか」

リットの執務室で、ジンが書棚から本を引き抜いた。

「トウリのものか？」

「はい。リット様から頂きました」

トウリが湯気の立つ紅茶をカップに注ぐ。

「よく手に入ったな、リット。最新本だろう」

「いろいろと伝手があるんだよ」

　ぱらぱらと、ジンがページをめくった。

「おれが知らないものか？」

「秘すれば花ならず、ってな」

　リットが紅茶のカップを受け取り、口をつける。

「言えない類か」

「心配するな、ジン。俺たちのためさ」

「灰の時も炎の時も、友は共にいる……だっけ」

「おい待て、実はお前も〈白雪騎士物語〉読んでいるな？」

「近衛騎士団でも人気だぞ」

　本を元に戻し、ジンがリットの向かいに座った。トウリが紅茶を差し出す。礼を言って受け取る。

「他にも〈世直し伯爵～この紋章が目にはいらぬか～〉や、〈獅子王が参る！〉とか。意外と恋愛ものの〈花の名は〉や〈世界の果てで真実を誓う〉の人気が高いな」

「全部、読んでいます！」

　トウリが瞳を輝かせた。

「僕も白雪騎士や世直し伯爵みたいに、悪い奴を懲らしめてやりたいです！」

「そう言って、騎士団に入団する若者が増えた。いやあ、助かる」

「リット様！　近衛騎士団へ紹介状を――」

「誰が書くか」

　へっ、とリットが鼻を鳴らす。

「ひどいですっ」

「ひどくない。つーか、良いのかよ。副団長」

「うん？　何がだ」

　紅茶を飲むジンへ、リットがびしりと指を突き付けた。

「〈世界の果てで～〉は平民と貴族の駆け落ちものだ。市井はともかく、近衛騎士団の中で読まれていて、風紀が乱れないのか」

「ああ、ひとりはいたな」

　けろりと答えるジンに、トウリの手元が狂った。かしゃん、とポットの蓋が床に転がる。

「し、失礼しました！」

「ははは。そんなに動揺するな、トウリ。若手団員が、有力商人の娘と駆け落ちするって譲らなかったから、条件を出した」

「条件……ですか？」

　きょとんとするトウリの一方で、リットが顔をしかめた。

「勝ったんだろ」

「ああ。勿論」

頷き合うふたりに、トウリが叫ぶ。

「僕だけ幕の外ですか！」

「終幕が決まっている話を聞きたいか？」

リットが椅子の背に深くもたれる。

「どうせ『駆け落ちするならお前ひとりで彼女を守れる技量がないと無謀だ。おれを倒してから行け』とか言って、剣で完膚なきまでに負かしたんだろ副団長」

「打ち身三六か所、切り傷無数、アバラのひび二か所で、駆け落ちは諦めたな」

「こわ」

「こわ」

リットとトウリの声が揃う。

「相手の彼女の気持ちも冷めたらしい。その程度で終わる愛なら、それまでだったということだ」

ジンが遠い目になった。

「世の中の厳しさを教えるのが、年長者としての務めだ」

ひそひそと、主従たちが声を交す。

「……ジン様って普段は温厚だから、務めに対する温度差（ギャップ）が激しいですよね」

「……国内随一の剣の使い手だからな。良くも悪くも自律心が強いんだよ」

「……剣を抜くと、人が変わるのですか？」

「……トウリはまだ実戦を見たことがなかったな。見ないほうがいい」

「……見たことあるんですか。何やらかしたんですか」

「……ちょっと、それは、言えない」

「何かやったんですね？」

トウリの非難の視線に、リットはわざとらしく話題を変えた。

「それでだ、ジン。第二王子（輝ける二等星）に、ヴァローナ嬢（華やかな赤い鳥）とスミカ嬢（水色の小鳥）がいただろ」

「ああ」

隠語の意味を理解して、ジンが神妙に頷く。

「赤い鳥は前からいたな」

「近衛騎士団なら、赤い鳥の囀（さえず）りを聞く機会も多い。どう思う」

「うーん。難しいな」

カップを両手で包み持ち、ジンは言葉を探す。

「血統は申し分ないだろう。フィルバード公爵家（王城の庭に棲む偉大な種族）だ。歴史も財力もある。王家としても無視はできん」

「そこに水色の小鳥が現れた。夢見る無謀サマには、幸せの青い鳥に映る」

「まさか——婚約破棄か。馬鹿な！」

驚くジンに、リットは息を吐く。

「わからんぞ。〈白雪騎士〉や〈花の〉や〈世界の果てで〜〉などの物語を愛読する、夢見る無謀サマだ」

「二回も言うなよ」

「空想と現実の区別がつかないお坊ちゃんでも言おうか？」

「お前の斬首はおれがやると誓おう」

「そりゃどーも」

椅子の肘かけに、だらしなく肘をつき、リットは翠の目を細めた。

紅茶を飲み干したジンが、小卓にカップを置く。

「リット」

「ん？」

「ピルオードという物語書きを知っているか」

「んー、なんだっけ。貴族令嬢が周囲を蹴落としまくって、最後に自身も村娘に蹴落とされる物語だっけ」

リットが話を振れば、トウリが頷いた。

「悪役令嬢ものですね」

「おれは三ページで頭が痛くなって読むのをやめたが。どうやら、そういう物語が好まれている」

「近衛騎士団の中で？」

リットの問いに、ジンは首を横に振る。

「いや、主に城下だ。民にはウケがいいらしい。団員の何人かが、巡回でそう耳にした。あと……、下級貴族のご令嬢たちだな」

「一種の勧善懲悪だからか。ふーん」

「興味なさそうですね。リット様」

トウリが、お代わりの紅茶をカップに注ぐ。

「お前は読んで面白かったのか？」

「僕ですか？　うーん……」

困惑したように、トウリが眉を寄せた。

「勧善懲悪なら、トリト・リュート卿のほうが好きです」

「ああ、〈白雪騎士〉とかの物書きだな」

うんうん、とジンが頷く。

「……ただの物書きに卿とか、つけるなよ……」

「嫉妬か、リット？」

「そんなんじゃない」

「リュート卿も優れた文才に博識だ。名前だけで、その姿を見た者はいない。ミステリアスで夢があるな。実は貴族、もしくは王族だったとして」

楽しそうに言うジンに、リットが噛みついた。

「うるさい唐変木！　お断りの恋文を代筆してやった恩を忘れたのか」

「何故それを持ち出すのかわからんが、できれば忘れたい」

「持つべきは友人だな。墓石に刻んでやる」

「お前の美しい筆跡で刻むなら、もっと気の利いた文句にしてくれ」

さらりと言うジンに、リットが額に手を当てた。頭が重い。

「……おま、そういうところだよ。女性に惚れられるのは」

「何がだ？」

「この唐変木！」

リットの声に、トウリがわざとらしく耳を塞いだ。

「そんなに騒がないでください。ご親友のジン様が天然貴公子なのは、今更でしょ」

「ああ、トウリ。この世でお前ほど、できた侍従はおるまい」

「芝居打つ暇があるなら、招待状書きの続きをやりますか？」

侍従が指差す執務机には、紙の束。

「残り一八五枚です」

リットが顔をしかめた。

「おー、先は長いな」

「追い打ちを掛けるな、ジン。俺の麗しの右手が、鉄の蛇に喰われてしまう」

「腱鞘炎な。お前の独特な言い回しにも慣れたよ」

ジンが肩をすくめる。

「しかし、見るからに量が多いな。他の書記官に仕事を振っていないのか？」

「どこぞの第一王子のご命令だ」

「何？」

怪訝そうにジンが眉を寄せた。

「今回の夜会の招待状は、すべて、一級宮廷書記官であるリトラルド・リトンが代筆すること、だそうだ」

「嘘だろ！」

「そうだったら、どんなによかったか」

リットが椅子に座り直す。長い脚を組み、天井を仰ぐ。

「ラウル様は何をお考えだ？」

ジンが唸る。

「王家主催の夜会の招待客は、一〇〇や二〇〇ではないはず――」

「五五六組だ」

リットの答えにジンが絶句した。

そのすべてが手書き。

普通なら、他の宮廷書記官たちと協力して作成する。そうでなければ、期日までに招待客へ届けることは不可能。

どのような種類の招待状でも、当日の一か月前に届くことが世の原則。

いくら早馬を飛ばしても、肝心の招待状が完成していなければ意味がない。王家主催の夜会の案内が遅れるなど、失態も甚だしい。責任者は断罪される。

はっきりと、命が懸っている。

「そんなに心配するな。ジン」

宝石にも似た翠の目が友を映す。

「俺の速記を知らないわけじゃないだろ」

「しかし……、リット」

招待状の代筆だけが、宮廷書記官の仕事ではない。

王族の私的な手紙の代筆はもとより、外国との書簡。各領地への指示書、その清書。政務官たちが起草した政策の推敲。王の名の下に発行される誓約書や契約書など、多岐に渡る。

「リット様の文字を見ない日はない。というのが、高貴な方々の評です」

大人びた、それでいて少年の声音。侍従であるトウリの瞳は揺るがない。

「嬉しいことじゃないか。それに、面白い」

「面白い？」

ジンが訊き返せば、宛然王侯のごとくリットは嗤った。

「内容はともかく、俺の文字で世の中が回っている。――面白いとは思わないか、ジン？」

第3筆　謎かけはランチの中で

「忙しいんじゃなかったのか?」

スープの碗を手に、ジンがリットの隣に座った。人々のざわめきの中で、木製の長椅子が微かに鳴る。

「腹が減っては戦ができん」

トウリがパン籠と紅茶の入ったポットを持って来た。リットとジンのふたりへ、紅茶を注ぐ。

ジンがため息をついた。

「昼食だってことはわかるが……、騎士団の食堂に来るなよ」

団員たちの声に食器やカップがぶつかる音が混じる。笑い声に、パンの香り。紅茶の湯気に肉や魚や野菜や脂の匂い。賑やかな喧噪は、アーチを描いた高い天井へ吸い込まれていく。

「こっちのほうが落ち着くし、便利」

「果てしなく周囲から浮いているが」

宮廷書記官のマントさえ羽織っていないが、リットは見るからに貴族風の優男。帯剣もしていないので、文官だとすぐわかる。

「多くの者が、優雅な食事とは、豪華な食事を豪華な部屋で豪華な人物と食べることだと考えている」

「お前は違うのか」

　そう言うジンへ、リットはスプーンを突きつけた。

「どこで、何を、誰と食べるのか。王城だろうと田舎だろうと、関係ない。俺の幽雅とは、そういうことだ」

「行儀が悪い」

　ぺしん、とジンがスプーンを持つ手を叩く。

「何だ、ジン。照れるなよ」

「団員たちから遠巻きに見世物にされて。おれの気持ちがわかるか？」

「嫌われているんじゃないのか」

　ジンが机の下でリットの脚を蹴る。

「僕はジン様のこと大好きです！」

　向かいに座っていたトウリが身を乗り出した。きらきらと、その無垢な瞳が輝いている。

「ありがとうな、トウリ。やっぱり騎士団に来るか？」

「是非！」

「ちぇ、俺だけ除け者扱いかよ」

　不貞腐れたリットが、様子を見ていたふたりの騎士に気づいた。こいこい、と手招きをする。

「副団長は嫌いか？」

「いえ！　滅相もありません！」

「敬愛しております！」

びしっ、と背筋を伸ばして宣言した騎士たちに、ジンは無表情になった。

「モテるなあ、近衛騎士団副団長どの」

「からかうのはやめてくれ、宮廷書記官どの」

ジンが指で眉間を揉む。

「タルガ、ユーリ」

「はいっ」

「はいっ」

「そんなに畏まらなくていい。座れ。メシが冷める前に食おう」

「失礼いたします！」

ふたりの騎士がテーブルの向かいに座った。トウリが席を立ち、ふたりに紅茶をサーブする。

「どっちがタルガで、どっちがユーリだ？」

スープを食べながらリットが訊ねた。

「オレ……げふん。私がタルガです」

黒髪の騎士が、隣の同僚を紹介する。

「こっちがユーリ。最近、彼女ができて調子に乗っております」

茶髪の騎士が涼しい顔で頭を下げた。

「ユーリと申します。タルガは僻んでいるので、どうぞお気になさらず」

タルガとユーリが無言で睨み合う。火花が散る。

「彼女持ちか。え、侍女？　美人？」

きらっとリットの目が光った。

「街の花売りです。美人です」

ユーリが真っ直ぐな瞳で言い切った。

「ふーん。恋文を書くなら、二回まで無料で請け負ってやろう」

「本当ですか！」

「その代わり、ちょっと教えてほしい」

「ええ、私でわかることなら」

ジンとトウリが目を合わせる。

「城下で人気の物語があると聞いてな。そこの侍従がどーしても読みたいって、せがむんだよ」

勝手に口実（ダシ）にされた。トウリが目を据わらせる。

「リュート卿の〈白雪騎士物語〉かな？」

ユーリの言葉に、トウリが主人を見た。

「えーと……」

リットが右手で紅茶のカップを持つ。卓上の左手は軽く握られている。

「ち、違うんです。面白いって聞いたんですけれど、物語の名前を忘れてしまって」

リットの左手が開いた。

「もしかして、ピルオードの〈悪役令嬢は深紅の薔薇と散る〉か？」

タルガの言葉に、リットとジンが顔を上げる。

「ええと、そんな感じ、でした」

しどろもどろのトウリに、タルガが苦笑する。

「好き勝手やっていた悪役令嬢が、最後にやり返される。それが、ざまあみろで人気らしい。が、ちょっと侍従君には早い物語かもな」

「僕はもう十四です。子どもじゃありません」

唇を尖らせるトウリに、軽い調子でタルガが謝る。

「すまん、すまん。宮廷書記官様の侍従が、貴族の没落を面白おかしく書いた物語を読んでも平気なのかと、心配で」

リットは平然とスープを口に運ぶ。

「俺は貴族じゃないから、別に気にしない」

「そうなんですか？」

タルガとユーリの声が重なった。

「第一王子の側近と名高いですが……」

困惑するふたりの騎士へ、リットが鼻を鳴らす。

「こき使われているだけだ」

「信頼を得ていると思うんだがなー」

ジンの呟きを無視して、リットはスプーンを動かした。

「あ、こら。ニンジンを寄越すんじゃない」

「よく食べよく働かねばならんだろう。副団長どの」

「いい加減、ニンジン嫌いを直せ。リット！」

「もう生涯分を食べたから俺はいい。友よ、分け与えてやろう」

はっと、ジンが気づく。

「役人用の食堂を使わない理由はこれか！」

「無駄にならんからな。ニンジンも喜んでいる」

うんうん、とリットが神妙に頷いた。ジンが非難の目を向ければ、トウリが首を横に振った。

「監督不行き届きで申し訳ありません」

タルガとユーリが、口を引き結んでプルプル震えている。

「笑ってもいいぞ。俺の前で感情を殺すな」

本人の許しに、タルガとユーリが噴き出した。爆笑。何事かと周囲の耳目を集める。

「そういえば」

リットが籠からパンを取る。小さくちぎりながら、口に運ぶ。

「〈白雪騎士〉とかの影響で、入団希望者が増えたそうだな」

タルガが首肯した。

「ええ。若さっていいですよね。叩きのめし甲斐があります」

「おっと。腹黒タルガだったか」

感心したリットに、ジンが額に手を当てた。

「いつも通りです。リット様、ジン様」

「しれっと同僚をけなす策士はユーリか」

「光栄でございます」

ユーリが胸に手を当て、リットへ簡易礼をする。

「物語の影響力は偉大だな。これじゃあ、ピルオードの〈悪役令嬢〉に感化されるご令嬢もいるんじゃないか?」

リットの言葉に、タルガとユーリの肩が揺れた。微かに吊り上がった友の口元をジンだけが見逃さない。

普段の様子で、リットはパンを食べている。トウリが紅茶をサーブする。

タルガとユーリが視線を交わす。

「……副団長の前で、言いづらいのですが……」

「構わん。タルガ。ユーリも。共通認識を図る一環だと思え」

ジンの言葉に、ほっとタルガとユーリの肩が下がる。

「城内の巡回で、高貴なる方々をお見かけすることが多いのですが……」

タルガが声をひそめる。

「物語から抜け出したような、ご令嬢がいらっしゃいます」

「そうなのか？　知らなかった」

リットの目が瞬く。

「政務だけに励んでいると、城内のことに疎くなってしまうな。はっはっは」

ジンとトウリの冷たい視線を無視して、リットが続きを促した。

「第二王子、タギ様の婚約者で……」

タルガの言葉をユーリが引き継ぐ。

「フィルバード・ヴァローナ様です」

「へえ。そのご令嬢の振る舞いが、凄まじいのか？」

ふたりの騎士が首肯した。

タルガ曰く。気に入らない城内の侍女にコップの水を浴びせたとか。

ユーリ曰く。婚約者だからと言って第二王子に高価な宝石を強請ったとか。

「最近の標的は、スコット家のスミカ嬢です」

ため息をつくタルガに、リットは首を傾げる。

「スコット家は弱小貴族だろ。どうして公爵家ご令嬢が標的にする？」

「文学好きのタギ様と話が合うからです。――ああ、可愛そうな小鳥！　その美しい鳴き声のせいで、孔雀にいじめられるとは！」

「タルガに詩の才能はないんだな」

「その通りです。リット様」

ユーリが相棒を肘で小突く。

「なるほどな。詩のひとつも作れないと、彼女だってできんぞ」

「はっ。肝に銘じておきます！」

ユーリが死んだ魚のような目でタルガを見た。

「風紀を乱す書物なら、物語といえども禁書にはならんのかね？」

リットが両手を組み、顎を乗せる。

「お前……、本当に知らないのか」

「何が」

ジンが呆れたように言った。

「ピルオードは筆名だ。正しき王前名(おうぜんめい)は、スピルド・フラス・ヴァーチャス。侯爵家の長男で、お前と同じ一級宮廷書記官だぞ」

「うわ、かっこ悪。王の御前での名を知られているなんて。そんな奴いたんだ」

主の反応の薄さに、トウリが顔を引きつらせた。

「まさか、同僚を忘れていませんよね？」

「あー……。スピ坊は、宮廷書記官の大部屋で仕事をしないからな。趣味の悪い金ぴかの執務室(自分の王国)から出て来(こ)ん」

リットが人差し指でこめかみを押さえる。

「栄誉ある隠し名(ヴァーチャス)持ちか。それなら禁書にはできないな。むしろ、上級貴族が直々に訓戒を書いている、と世間の評判も悪くはないだろう」

「同じ影響なら、僕はリュート卿の〈白雪騎士〉のほうが真っ当だと思います」

トウリに同意して、三人の騎士たちが頷いた。

「あー……、あれは、あれだ」

歯切れの悪いリットに、ジンが首を傾げる。

「何だ？　読んで思うところがあるのか」

「いいや、読むには及ばない。侍従の熱弁を聞くので間に合っているということだ」

「いくらでも語れますよ！」

トウリがテーブルに身を乗り出す。

「……話に付き合ってやっているのか？」

ぼそり、とジンが訊ねた。

「大部屋でも、執務室でも。俺の休憩時間が長いとな、騎士様の忠義やら義務やら振る舞いやらを引用しつつ、弁舌を振うんだ……ははは」

力無い笑みとともに、リットは遠く天井を見上げる。

「ああ、なんと優雅な生活か！」

「お前がサボらずに働けば済む話じゃないか」

「我が友がいじめるぅー。宮廷書記官なんてやめてやるぅー。田舎に帰ってやるぅー」

リットがテーブルに突っ伏した。

「そ、そんな。副団長の冗談ですよ」

「そうですよ。リット様の身を案じているのです」

慰めの言葉を口にするタルガとユーリに、トウリは手の平を向けて制止する。

「いつも通りなので。お気になさらず」

第4筆　宮廷勤めの面倒な日常

リットがあくびをした。

「ちゃんとしてください。これから、バルド宮廷書記官長にお会いするんですよ」

「わかっているさ」

涙の滲んだ目元を拭って、リットは通路を歩く。大きく取られた窓から、午後の柔らかな日が差し込んでいる。白亜の円柱には銀の装飾。陽光と、柱の影のコントラスト。通り過ぎるたびに、リットの胸元にある白鷺の三枚羽根が光る。

「重くはないか?」

リットが振り返った。

「大丈夫です。大きさはありますが、書籍よりは軽いので」

ひと抱えもある黒檀の文箱を、トウリが掲げてみせた。蓋が金のリボンで結ばれている。リボンを留める赤い封蝋には、主人の紋章。

「頼もしい侍従だ」

トウリが誇らしげに胸を張る。

通路の向こう側から、華やかな一団が現れた。

リットが天を仰ぐ。

通路はひとつ。壮麗な草原の装飾掛布（タペストリー）が掲げられた壁が続く。逃げ入る部屋はない。

「……道を譲ろう。穏便に背景となろう」

主人の言葉に、トウリがそそくさと装飾掛布（タペストリー）の下に移動する。リットが自然な所作で職位のマントを捌（さば）き、近づいてくる一団に進路を譲った。軽く頭（こうべ）を垂れる。

「あらぁ？」

口元を駝鳥の洋扇（クリム）で隠したヴァローナが足を止めた。三人の侍女たちも主に倣う。

「その胸元の三枚羽根。茶髪の三つ編み（しっぽ）。アナタ、ラウル殿下のお気に入りの、リトン様ではなくて？」

トウリだけに舌打ちが聞こえた。

「天上の白銀を支える月桂樹、聖なる柱に棲まう偉大なる翼。フィルバード公爵家の至宝、ヴァローナ様にお声かけいただき、まことに光栄でございます。陛下から一級宮廷書記官を任じられております、リット・リトンでございます」

胸に手を当て、リットが貴族礼を執った。その姿を、ヴァローナが頭からつま先まで、無遠慮に眺める。

「爵位なしにしては、礼節があるようね」

ばさばさと、ヴァローナは駝鳥の洋扇（クリム）を扇（あお）ぐ。

「ねぇ、アナタ。恋文の代筆を請け負っていると聞きましてよ」

　恐ろしく柔和にリットが微笑む。

「片手間でございますよ」

「夜会の招待状書きの？」

　リットの翠の目が細められた。白い歯がこぼれる。

「ご存知でしたか。不肖のこの私が、ラウル殿下から拝命いたしました」

「ワタクシへの招待状は、もう完成していて？」

　ずい、とヴァローナが詰め寄った。

「さあ？　どうでしょかねぇ」

　リットは口に手を当て、悩む素振りで体を横に向ける。距離を取る。

「焦らさないでくださいまし。罪なお人ね」

　洋扇で顔を隠して、僅かに目を覗かせる。完璧な上目遣い。

「ははは。何分、招待客が盛大なもので」

　軽薄な主の笑顔に、トウリは思わず渋い表情を浮かべる。公爵令嬢の前で無礼に値するが、
ヴァローナには侍従ごとき、視界に入らない。

「手元に届くのが、待ちきれませんわ。アナタがお持ちなの？」

「書き終えた招待状はバルド宮廷書記官長へお渡ししています。もう、発送の準備を整えてい

るのではないのでしょうか？　今しばらく、お待ちください」

「ワタクシを待たせることができるのは、王族の方々のみですわ」

「光輝（こうき）なるご令嬢（レディ）様」

　唐突に、リットが顔を近づけた。ヴァローナの耳元で声を紡ぐ。

「――焦っては事をし損じますよ」

　至近距離でリットの翠に見つめられ、ヴァローナが言葉を失った。澄み切った、翡翠のような比類なき彩色。他の緑の目とは異なる、魅惑の深淵。

「失礼。甘い言葉を囁く距離でしたね」

　ご無礼を、とリットは白々しく謝罪する。リットの瞳に見惚（みと）れていたヴァローナが、はっと正気に戻った。急いで誇り（プライド）をかき集め、ツンと顎を上げる。

「よ、よろしくてよ。ラウル殿下のお気に入りですもの。多少の無礼は、目を瞑って差し上げますわ」

「寛大なお心遣い感謝いたします」

　続けられる茶番に、トウリは渋面のままだった。

「ああ、そういえば」

　ヴァローナが訊ねる。

「王家主催の盛大な夜会。招待客の数は、どれ程？」

「そうですねぇ。二〇〇や三〇〇……、いや。それ以上でしょうね」

リットはとぼけるが、ヴァローナの目は輝いた。

「まあ、とても素敵！　そのような豪華で栄誉な夜会に招待されるなんて」

「そうでしょうね」

リットが愛想笑いを浮かべる。

「でも。心配だわ」

途端にしおらしく、ヴァローナが頬に手を添えた。気遣うように、侍女三人が囀る。

「どうされたのですか。ヴァローナ様」

「何がご心配ですの？　婚約者のタギ殿下も、出席なされますのに」

「そうですわ。どんなことがあっても、殿下がお守りくださいます」

小首を傾げて、ヴァローナが薄く微笑む。

「ありがとう、アナタたち」

憂いのため息をつく。

「ワタクシの心が晴れないのは――」

洋扇を畳み、右肩へ当てる。その仕草が艶めかしい。

「何も知らない小鳥が華やかな王城に迷い込まないか、心配なのです」

まあ、と三人の侍女たちが声を上げた。

リットは天井を見上げた。

「……おお、月神（クーナ）よ。今すぐ夜の帳（とばり）を下ろし給え」

小声で呟く。

「……夜でも隠れられません。狼たちは追って来ますよ」

トウリがその嘆きを拾う。

「……しょうがない。囮になってもらおう」

「……僕は嫌ですよ」

「……お前の出番はまだ後だ」

わざとらしく、リットがトウリにぶつかった。

「おっと！　ああ、そうか。バルド宮廷書記官長をお待たせしているのだった」

立派に囮にしてるじゃないですか！　というトウリの突き刺す視線を手で払い、リットがヴァローナへ一礼をした。

「これにて失礼いたします。ごきげんよう、麗しのレディ」

長い脚で、リットは優雅に彼女たちの脇を通り抜けた。素晴らしき歩幅。その後を小走りでトウリが追う。

「お、お待ちになって！」

ヴァローナが呼び止めた。

前を向いたまま、リットの口がへの字になった。めんどくせえ、と顔に書いてある。

「何か？」

リットが完璧な笑顔で振り向いた。

「……こわ」

その身替わりの早さに、トウリが零す。

「スコット子爵に、招待状はありまして？」

「どうですかねぇ。何分、招待客が盛大なもので」

「とぼけないで答えなさい！」

「失礼、公爵ご令嬢。私を待たせることができるのは、王族の方々のみです」

「なっ！」

絶句するヴァローナを置き去りにして、リットはもう振り返らなかった。

部屋の入口に立つ。天井まで達する大扉は開かれている。リットの姿を見たふたりの衛兵が頭を下げた。

「ご苦労」

「はっ」

職位のマントを翻して、リットは悠然と進む。その後にトウリが続く。つなぎの間を抜ければ、机がいくつも並ぶ大部屋。インクと紙の匂いが漂う。

「やあ、皆の衆。精が出るなあ」

宮廷書記官たちが一斉に振り向いた。

「リット様！」

茶髪に蒼い目をした少年が駆け寄る。職位のマントには、雉の一枚羽根——三級宮廷書記官の証がある。

「ミズハ、宮廷書記官長はいるか？」

「はい。奥の間にいらっしゃいます」

ミズハがトウリの抱える文箱を見る。

「もう完成したのですか！」

大部屋がざわつく。驚嘆の声が飛び交う。

「——五五六組だぞ？」

「——さすが、速記のリット様だ」

「——のらりくらりしているだけじゃないんだな」

「——お前、聞かれたら怒られるぞ」

「ばっちり聞こえている」

ひゅっと、書記官たちが息を呑んだ。

「何、怒らんよ。それに、期待を裏切るようで悪いが、あと五分の一ほど残っている」

「それでも十分にすごいのですが……」

ミズハが苦笑した。

「期日までに間に合いそうですね」

「何事もなければな」

「あ、さっきラウル殿下からの使いが。政務官たちと検討した記録を、清書してほしいと」

ミズハが手の平を向ければ、別の書記官が巻かれた大判の洋紙を掲げた。

「自分でやれ！」

「リット様。自己否定しないでください」

トウリがため息をつく。

「宮廷書記官でしょ」

「田舎に帰ってもいいかなー」

「その前に近衛騎士団へ紹介状を僕に」

「やなこった」

へっ、とリットが鼻を鳴らした。

「きっと、ラウル殿下がお許しになりませんよ。宮廷書記官長も」

苦笑しながら、ミズハが奥の間へ促す。リットが嫌そうに顔をしかめた。

「なーにが、『紅茶飲んでちょっと仕事して紅茶飲んで一日が終わる優雅な生活』だ。殿下に騙された」

歩きながら言うリットに、トウリとミズハが目を合わせる。

「大体、その通りじゃないですか」

トウリの指摘に、ミズハが小さく噴き出す。

「俺の慎ましい田舎生活に乱入しやがって。王城に来なかったら首チョンパって言われたんだぞ」

「今だって、働かないと首チョンパですよ」

容赦ない侍従の言葉に、リットは天井を仰いだ。

「ああ、世知辛い世の中だ！」

「――そう嘆きながら、余裕あるではないか。リット」

よく通る老人の声に、ミズハは頭を下げた。

奥の間からひとりの老爺が現れると、リットは顔を綻ばせた。

「余裕なんて、ありませんよ」

「どうだか」

宮廷書記官長のバルドが喉を鳴らす。踵を返して奥の間に移動すれば、リットとトウリがその後に続く。バルドが紫檀の執務机の前に座った。長い白髭を、皺が目立つ手で撫でる。

「夜会の招待状か」

「すべてではありませんが、完成した分です」

トウリが黒檀の文箱を机上に置く。リットが懐からリストを取り出し、バルドへ手渡した。

「うむ、確かに。招待状とリストの照合、封蝋はスピルドに――」

堂々とした靴音が響く。

「失礼いたします」

黒髪に茶色の目をした青年が入室してきた。

「おお、スピルドか。ちょうどよい」

バルドへ一礼し、スピルドが執務机の前に立つリットを睨む。

「……ここに居るということは、完成したのだな。リット?」

「一部ですよ」

にこやかにリットが笑う。

「遅くなってしまい申し訳ありません、フラス様。お蔭さまで、やっと職務をお渡しすることができます」

眉間に皺を寄せ、スピルドがバルドを見た。バルドが頷く。

「リストの照合と封蝋を、おぬしに任せる」

「……はい」

そんな仕事は下級書記官にでも任せろとばかりに、スピルドがミズハを見た。びくりとミズハの肩が跳ねる。

「そうだ、ミズハ」

思いついたように、リットが言う。

「先程の清書の件、悪いが俺の執務室に運んでおいてくれないか。今すぐ」

「は、はい！」

ほっとした表情で、ミズハが部屋を出て行く。

「あと、トウリ。図書室でこの資料を探してこい」

リットがメモを渡す。

「かしこまりました」

「兎のごとく……、素早いという意味でも頼む」

ちらっとトウリが主を見た。翠の瞳は雄弁に語っている。

「はい。資料は、執務室にお持ちすればよろしいでしょうか」

「そうだ」

「では、失礼いたします」

洗練された所作で、少年侍従は一礼をした。

金の装飾に囲まれた部屋で、椅子に座ったスピルドが執務机を叩く。

「――気に入らん」

呟きは室内の空気を震わせる。宮廷書記官たちの大部屋からも距離があるため、大声を出そうが何をしようが、咎める者は誰もいなかった。

「あの若造め」

ばん、と再びスピルドは執務机を叩く。机上のインク壺の中身が揺れる。そのインクのように、黒く暗い想いが胸に渦巻いている。

「爵位なしのくせに、出しゃばりやがって。何故、あいつが一級なんだ。どうして、招待状の代筆を一任される！」

ばん、と重厚な執務机が泣く。

「私は侯爵家の者だぞ！　輝かしい隠し名（ヴァーチャス）持ちだぞ！　私こそが、私だけが一級宮廷書記官に相応しい！」

吐き出された言葉は、呪いにも似た響き。自分の声が鼓膜を震わせたと同時に、スピルドの頭の中で光が弾けた。

「そうだ！　あんなやつ、いなくなればいい！」

斬首ものの罪をリットが犯せばいい。

暗い熱を帯びたスピルドの目に、机上の招待状のリストが映る。そこにある、五百を超える招待客の名前。

ルーリリリ、と鳥が鳴く。青い鳥が一羽、窓の向こうを横切る。

「……いなくなればいいのだ」

ゆっくりと、インク壺の蓋を開ける。


トウリが図書室の棚を覗けば、先客がいた。

「――スミカ様だ」

薄ピンクのドレスを着た彼女が振り向く。青い目が見開かれる。

「あなたは？」

「あ！　も、申し訳ありません。僕……じゃなくて、私は、一級宮廷書記官のリット・リトン様にお仕えしている侍従のトウリです」

薄めの書籍を二冊小脇に抱え、びしりと背筋を伸ばした。

「スコット子爵家のスミカです」

ドレスを摘まみ軽く腰を落とす。令嬢礼儀（カーテシー）を正しく行うスミカに、トウリは慌てた。

「僕はただの侍従です。そんな、畏まらないでください」

「でも。あの名高い、リトラルド・リトン宮廷書記官様の侍従を務めていらっしゃるのでしょう？　わたくしより貴い御方だわ」

「僕は爵位持ちではありません！」

動揺したトウリが赤面する。まあ、とスミカが頬に手を当てた。

「いけませんよ、トウリ様。爵位持ちではないから礼儀に値しないとは、巡り巡ってご主人であるリトラルド様を貶（おとし）めてしまいます」

「し、失礼しました」

噂通りの才女だと、トウリは思った。穏やかな言葉で窘（たしな）めてくれる。これがスピルドやヴァローナだったら、ここぞとばかりに舌鋒（ぜっぽう）鋭く嘲笑する。想像して背筋が凍った。

ちら、とトウリはスミカを観察する。

結い上げた栗色の髪は、ゆるやかに波打っている。落ち着いた青い眼差し。薄ピンクのドレスはお世辞にも上級品とは言えないが、その控えめさがスミカの雰囲気に合っている。庇護欲を掻き立てられる可憐さ。物語の登場人物のような、薄幸のご令嬢。

「資料を探しているのですか？」

スミカがトウリの持つ書籍に目を留めた。

「はい。ええっと、植物のスケッチ集なんですけれど……」

「それなら、これですね」

迷うことなく、スミカの白い指が一冊の書籍を示した。棚から引き抜こうとするスミカを、トウリが制止する。

「お待ちください、スミカ様。書籍は重いので、僕が」

トウリが先んじて手に取った。

「あら。侍従様ではなくて、騎士様でしたか」

ふふふ、とスミカが微笑む。気の利いた褒め言葉に、トウリが目を輝かせる。

「ありがとうございます。──姫君に薔薇より重いものを持たせては、失礼ですから」

「〈白雪騎士物語〉ですね！　わたくし大好きなんです！」

今までの可憐さはどこへやら。力強い声に、トウリは圧倒された。

「あらっ、申し訳ありませんっ。文学のことになると、つい熱くなってしまって」

トウリが微笑む。

「僕もです。多く語りすぎると、リット様にうざったがられます」

「それは、トウリ様が有才(うざい)からでしょう」

才能ある人と評され、トウリが面食らった。

「適切な場面で適切な引用をなさいました。教養がありませんと、難しいことです。さすが、一級宮廷書記官様の侍従様」

――これは、落ちる。

トウリは胸の中で頷いた。物語を愛読する某殿下の嗜好に合いすぎる。普通に話していて楽しい。物語や文学に造詣が深く、言葉の切り返しが心地良い。

「タギ殿下のこと、どうお思いですか？」

前触れもない問いに、スミカは表情を強張らせた。青い瞳に警戒の光が浮かぶ。

「不躾で申し訳ありません。きっと、何人もの方に訊ねられた、しつこい質問でしょう」

「ええ。その通りです」

リット様のせいで自分も性格が悪くなったなあ、とトウリは頭の片隅で呟く。

「少し、気になったもので」

トウリが二冊の本の上で、植物のスケッチ集を開く。黒のインクで描かれた、複雑な蔦。葡萄の一種。

「弱小貴族の娘が、第二王子の周りをうろちょろしていることですか？」

「恋愛感情はお持ちですか？」

「さすが、侍従様。言葉（ワード）が言刃（ソード）ですね」

「リット様曰く、ペンは剣より強いと。まあ、あの人はペテンがお強い」

「わたくしは臣下として敬愛しております」

ふたりの視線がぶつかる。

「それに、婚約者様がいらっしゃいます。わたくしの出る幕ではありません」

「では、スミカ様のお望みは？」

トウリが書籍を閉じた。スミカへ向き直る。

「弱小貴族と仰いましたが。タギ殿下のご友人として認められることがお望みですか？」

「それが一番、平穏な道です。はっきり申しましょう」

凛と胸を張る。

「わたくしは、本が好きなのです。物語を、文学を愛しています。そして、文字を読む喜びを他の誰かと共有できたら、これほど幸せなことはありません」

ふんわりと、スミカが微笑んだ。

「トウリ様も同じではないですか？」

「その切り返しは……ずるいですね」

「おお、同志よ！」

おどけたようにスミカが言った。

「〈獅子王が参る！〉も読みましたが。僕は、やはり〈白雪騎士物語〉が一番ですね」

「わたくしも〈白雪騎士〉が好きです！　素敵ですよね、レオン騎士」

新緑の植え込みが続く、石畳の道をトウリとスミカが歩く。スミカの父、子爵が勤める政務棟は図書室から離れていた。トウリが申し出て、スミカを送る途中だった。

共通の話題があるので、ふたりで盛り上がる。

「僕が、レオン騎士と主君のエーヴォン王の超絶的信頼関係に憧れていて。リット様に無理を言って、ごっこ遊びに付き合ってもらっているんです」

照れ隠しで、トウリが三冊の書籍を抱え直す。

「まあ。それは、レオン騎士とエーヴォン王、ふたりだけの暗号や仕草で通じ合うことですね。それは、とても――」

うっとりとスミカが頬に手を当てた。

「身が震え（萌え）ますね」

スミカが艶めかしいため息をつく。

「主従関係でも十分美味しいですのに。ふたりだけの秘密。しかも、片や才色兼備の最強騎士！エーヴォン王が、夜会でひと目惚れしたご令嬢に声を掛けるべきか。身分が違いすぎると悩む場面で、『恋の金の矢に射抜かれたら、己の心に正直になるべきです』と、背を押すレオン騎士の優しさ！　ああ、胸が高鳴る展開！　現実では、とうてい経験できません！」

息継ぐ暇なく言い切った。

はっと、スミカが正気に戻る。

「わたくしったら、はしたない姿を。申し訳ありません」

「スミカ様は、本当に物語が好きなのですね」

トウリの笑顔に、彼女の青い目が大きくなった。

「タギ様も……、そう仰ってくださいました」

石畳の通路が建物の傍を通る。瀟洒（しょうしゃ）な建物が、陽光を一身に浴びて白く輝く。その代わりに石畳の通路には光が届かない。

「――スミカ様」

トウリが足を止めた。

「どうされましたか、トウリ様」

「失礼ですが、鬼ごっこのご経験は？」

真剣なトウリの表情に、スミカも不穏な気配を察した。

「白雪騎士に憧れる読者でしてよ？」

「来た道を建物伝いに逃げてください」

「トウリ様は……」

衛兵の格好をした男がふたり、前方から歩いてきた。

「正規の衛兵ではありません。重心の定まっていない歩き方だ」

ふたりの男は、いかにも衛兵が持っていそうな長槍を構えた。穂先は鈍く光る刃。

「走ってください！」

トウリの声にスミカが脱兎のごとく逃げ出した。

が、植え込みの陰から、別の男が現れた。

長槍をスミカへ向ける。

じり、と三人の男たちが包囲網を狭める。

トウリが叫んだ。

「貴様ら、何者か！」

「答えると思うのか？」

前方の男がひとり、長槍を突き出した。身を翻してトウリが避ける。持っていた書籍が地面に落ちた。トウリの顔が歪む。

「ご主人様に怒られるじゃないか！」

「安心しろ。死人に口なしだ」

三人の男が一気に距離を詰めた。

「――なら、生きているうちに口を割らせるだけだ」

ふっと空が陰った。着地と同時にマントが羽のように広がる。

「引用好きの友曰く、天国も地獄もこの世にある」

灰色の騎士が剣を抜いた。日陰でも鋭利さを放つ、使い込まれた長剣。

「ジン様！」

「よう、トウリ。兎のように震えていなかったのは偉いぞ」

トウリが精一杯、スミカを背に庇う。

あとは一瞬だった。

ジンが剣を鞘に収める。三人の男たちが気絶している。

「ええと、近衛騎士団副団長のジン様……？」

スミカが戸惑ったように言った。

「ご存じでしたか。光栄です」

マントを払って、ジンが手を胸に当てる。完璧な騎士の所作に、頭上から拍手が降った。

「よっ、さすが人たらし副団長どの」

「リット様！」

「リトラルド様」

トウリとスミカが建物に二階を見上げる。窓枠に、リットがもたれていた。

「……ちょっと待ってください、ジン様。あそこから飛び降りたのですか！」

「ああ。そうだが？」

事も無げに頷くジンに、トウリは二の句が継げなかった。

第5筆　主従たちの密(ひそ)やかな劇場

「お勤め、ご苦労」

　執務室で、リットが窓際の椅子に座っている。脇の小卓には書籍が三冊。一番上に積まれた植物のスケッチ集を、リットの長い指が叩く。

「皮肉ですか」

　トウリは紅茶をカップへ注ぎ、ソーサーごと主人へと渡した。

「純粋な褒め言葉だ。素直に受け取れよ」

「あんたが言うと不純に聞こえます」

「危ないところを助けてやった主人を、あんた呼びするんじゃない」

「実際に助けていただいたのは、ジン様です」

　賊の身柄は近衛騎士団の詰め所に移された。ジンが直々に取り調べている。

「けろっと全部吐いてくれれば良いんだが」

　リットの言葉に、トウリが眉を寄せた。言った本人は、優雅な所作でカップに口をつける。

「近衛騎士団ですから、拷問なんて、ないですよね？」

「そういう展開は物語の中だけだな。現実は、某副団長が脅しで大机を一刀両断して、後で管財の役人に怒られる」

「十分に物語の中の話です」

トウリが二煎目の紅茶を自分のカップへ注いだ。一煎目より格段に香りが劣るが、茶葉が良品なので水色(すいしょく)と味はまだ出る。

「まあ。悪役令嬢もしくはスピ坊の差し金だろう」

手元が狂う。カップから紅茶が床に零(こぼ)れる。

「な、ん――」

「悪かったな。兎(エサ)にして」

翠の瞳は笑っていない。刃のような光を宿している。

「本気で愛想が尽いたら、近衛騎士団へ紹介状を書いてやる」

「……いえ」

首を横に振ったトウリに、リットが僅かに目を見張った。

「今なら間に合うぞ」

「それが何を示すのか、僕にはわかりませんが。でも、途中で舞台から下りる気はありません」

真っ直ぐに、主人を見返す。

「どのような劇であったとしても」

リットが唇を歪めた。

「――わかった」

満足そうな、艶然とした笑み。

「とりあえず床を拭け。それから話をすべて聞こうか」

「兎のごとく、耳に仕入れた話ですね」

カップを片付け、トウリは雑巾を手にした。一方で、悠然とリットは長い脚を組む。

「なかなかに面白いな。主従ごっこ」

「ごっこ、ではなく本物です」

「近衛騎士団への紹介状は、しばらく不要だな」

リットが紅茶のカップに口をつけた。


「すまん」

執務机に座るリットへ、ジンが頭を下げる。

「三人の賊は、どいつも下請けの下請けの下請けの下請けだ。本当の依頼主が誰だが、さっぱりわからん」

「そーだと思ってた。気にするな」

リットが羽根ペンを走らせる。執務机いっぱいに広げられた大判の洋紙。トウリが手に持つ草稿を見て、清書用の洋紙に視線を落とす。

「よくある手だろ。ジン」

「そう言われたら、近衛騎士団も形なしだが……」

顔を上げずにリットが言う。

「それでも、わかったことはある。近衛騎士団が辿ることができないほど、下請けの下請けの下請けの下請けを雇える人物さ」

顎に手を当て、ジンが唸った。

「財力のある人間か」

「それも、裏稼業の窓口を知っている人間だ」

リットがペン先を布で拭う。羽根ペンを置いた。金の羽根ペンに持ち直して、洋紙の右下に署名する。

「俺のインクが少なくなったな」

ぽつりとリットが零す。銀蓋の瓶には、インクが三分の一ほど残っている。

「買い付けに行くか」

羽根ペンを片付け、リットが両腕を上へと伸ばした。あくびも、ひとつ。

「僕が行ってきますよ」

持っていた大判の洋紙を、トウリが器用に丸める。

「いや、ついでの野暮用もあるし」

「サボりじゃないですよね？」

トウリの目がじとりと据わる。

「実用を兼ねた息抜きと言ってくれ」

「サボりじゃないですか」

「宮廷書記官の命でもある、利き手が腱鞘炎になったらどうする。実用を兼ねた息抜きさ」

リットが椅子に背を預ければ、ジンは腰に吊った剣に触れた。

「用心棒は必要か？」

「仕入れるのは、インクだけだから。大丈夫だ」

「本当か？」

「心配性だな、我が友は」

執務机の上に肘をつき、リットが両手を組む。その上に顎を乗せた。

「構い倒すのは女性だけにしておけよ」

「おい待て、その発言は聞き捨てならん。いつも女性を追い掛けているみたいじゃないか」

「違った。逆だった」

丸めた洋紙を棚へと片付けながら、トウリが主の言葉を引き継ぐ。

「ジン様がご令嬢方に追い掛けられるのですね。モテる男はつらいですね」

「トウリ。急にリットと結託するな」

「と、仰られても。トウリめは侍従でございます」

声真似をしたリットを、トウリ本人が睨む。

「全然、僕に似ていません」

「だろうな。俺も思った」

トウリが頬を膨らませた。

「もともと、似せる気がなかったでしょ」

「お、よくわかったな」

「それぐらい、わかりますよ」

「吹き替えは難しいなあ」

「執務中です。ふざけないでください」

「……お前たちがな」

ふたりが揃ってジンを見た。何が、と二組の目が問い掛ける。

「部屋の外では、やるんじゃないぞ」

前科がある主従たちに、ジンが深くため息をついた。

「平気、平気。バレなきゃ、平気」

へらりと笑うリットに、ジンがすらりと長剣を抜く。


翌日は曇りだった。

「湿気がある。インクが乾きにくい」

白嶺(しろね)門から城外に出たリットは、ずっと言い続けている。

「光量が少ない。手元が見にくい。やだな」

石畳の道を抜け、街の大通りを歩く。

「リット様……」

荷袋を背負ったトウリが、手を額に当てる。

「なんだ？」

「爵位なしって言っても、あんた上級職位なんですよ。どうして裏門を使うのですか？」

「身の丈に合っているし、それに貴族連中に知られていないからさ」

悪びれもなく言った。

「表の白銀(しろがね)門を使ってみろ。招待状は完成したのか、誰が招待されているのか、と貴族の方々から質問攻めに遭うぞ」

「それは確かに嫌ですが。馬車を使えば回避できませんか？」

一級宮廷書記官は、私事でも王城の馬車を出せるはず。

「うん？　歩いたほうがネタ探しになる」

「ネタ探し」

トウリが思わずオウム返しする。

「……何の、ですか」

「話のネタに決まっている。夜会でも使えるぞ」

「はあ……？」

気まぐれなのか勤勉なのか図りがたい。目を離せば、焼き菓子屋の娘に話しかけていた。二言三言、言葉を交わし、小さい紙袋と銅貨を交換する。

「ちょっと、リット様！　インクを仕入れに来たんでしょ！」

トウリが主人の外套の裾を引っ張れば、くすりと看板娘に笑われた。羞恥で頬が熱くなる。

「リット様！」

「聞こえている。ほら、行くぞ」

自由気まま、己の調子（テンポ）で歩き出した。さっさと角を曲がり、路地へと入って行く。

「ああ、もうっ。待ってください！」

悲しい歩幅の差を見せつけられた。嘆きながら、トウリは後を追う。

路地には、いくつもの店が軒（のき）を連ねていた。インク壺の看板を掲げる店にリットが入る。

「いらっしゃいませ」

店のカウンターに、黒髪のくせっ毛が特徴的な青年が座っていた。店内に他の客はいない。

「リトン様へ、月神（クーナ）のご加護がありますように」

青年が手元の書籍を閉じた。

「クード。元気そうだな」

カウンターにリットがもたれる。おや、とクードの手元に目を留めた。

「〈悪役令嬢は～〉じゃないか。そういう趣味だったのか？」

「ご冗談を。私は何でも読みますよ」

ふふふ、とクードが柔和な笑みを浮かべる。

「トリト・リュート卿の最新本、〈白雪騎士物語〉は、もうお読みになりましたか？」

「ああ。こいつが」

トウリを指差す。

「はい！　面白かったです！」

目を輝かせるトウリに、クードは眩しそうに青の目を細めた。

「それについて、また歓談いたしましょう」

「是非、クードさん！」

　クードが本を片付けると、リットがカウンターの上に小さな紙袋を置いた。

「そこの焼菓子屋で。土産だ」

「お気づかい感謝いたします。紅茶を淹れましょう」

「あっ、僕がやります」

　カウンターの戸を潜ろうとしたトウリを、クードが言葉で制す。

「いいえ。貴方も我が店のお客様です。お手を煩わせるわけにはいけません」

「でも……」

「いいから、トウリ。紅茶はクードに任せておけ。お前は俺たちが座る椅子を持って来い」

　リットが指の腹でカウンターを叩く。むっと、トウリが眉間を寄せた。

「どこの王族ですか」

　はん、とリットが鼻を鳴らした。

「フルミアだったら、どうする？」

「逆らったら、討ち首ですね」

「わかっているじゃないか。早くしろ」

　クードがポットを炭火に掛け、振り返る。

「トウリ。そこの、木椅子を使ってください」

「はい。クードさん」

「おいこら、トウリ。どうして主人より、店主に従順なんだ」

「この王国(みせ)の主なので」

しれっと、トウリが小さな木椅子をリットの前に置く。

「あ、クード国王どの。紅茶は温めで構わない」

リットが木椅子に座りながら言った。

「承知いたしました。リトン一級宮廷書記官様」

「皮肉で返すなよ」

カウンターの上の、自分が置いた小さな紙袋をがさがさ開ける。リットの長い指が薔薇の形をしたクッキーを摘まみ出した。

「お行儀が悪いですよ、リット様。それに、自分が買って来たお土産に、一番に手をつけるとは！」

「なかなか美味いぞ」

椅子に座ったトウリの口へ、リットがクッキーを突っ込んだ。

「むぐ！」

両手で口を押さえ、もっぐもっぐと咀嚼する。

クードがトウリへ紅茶のカップを差し出した。頭を下げて、紅茶を一気飲みする。熱くはない、温かな紅茶が喉から腹へと滑り落ちる。

「ぷっは！」

急に何をしやがるんですか、という侍従の声なき視線の訴えを、リットは軽やかに無視した。

「さすが商人たち。便乗根性たくましい」

もう一枚、薔薇の形のクッキーを摘まみ、リットがクードへ見せる。

「城下では、〈悪役令嬢は深紅の薔薇と散る〉のウケが良いですからね」

「……えー？　そうなんですか？」

クードにお代わりの紅茶を注いでもらいながら、トウリは眉根を下げた。

「貴族のご令嬢が周囲を蹴落としまくるのが、そんなに面白いですか？」

「さんざん好き勝手やっていたのに、物語の最後で王子から婚約破棄されて、元・村娘であるご令嬢に婚約者の地位を奪われる。その結末が、胸がすく思いで、人気なのでしょう」

リットがクッキーを食べる。紅茶を啜る。

「勧善懲悪。自業自得だな」

うーん、とトウリが首を捻った。

「クードさんは、どう思います？」

「私もリトン様に同意です。あと、トウリ。物語の中に、もうひとつ軸があります。何だかわかりますか？」

「えーと……。民の声の代弁、とか？」

　ぶっは、とリットが吹き出した。

「あいつがそんなこと書くかよ！」

　ぶははははは、と笑い続けるリットに、トウリが顔を赤くする。

「もう！　そんなに笑わないでください！」

「リトン様。トウリの答えも、当たらずとも近からず、ですよ」

「全然駄目だろ、それ」

　滲んだ目元の涙を指で拭って、リットが息をつく。

「もうひとつの物語の軸は、村娘の成り上がりだ」

「あ」

　トウリが目を見開いた。言われてみれば、そうだ。村娘が、最後には王子の婚約者になる。村娘の視点に立てば、ハッピー・エンド。

　クードが頷く。

「ふたりの女性の運命を対照的に描いた、一冊で二度美味しい物語だから人気が出たのです」

「おお！」

　感心したトウリが声を上げた。

「こちらも、美味しそうですね」

　クードが皿に薔薇のクッキーを並べる。どうぞ、とカウンターの上に置いた。さっそくリットの手が伸びた。くすり、と笑ってクードが薔薇のクッキーを摘まむ。口に運ぶ。

「ああ、美味しい。幸せです」

「そりゃ良かった」

　リットが相好を崩す。

「幸せを与えた分を、俺のインク代から引いてくれると有り難い」

「さすが、リトン様。値切りの口上も優雅ですね」

「インク王国クード王への懇願だからな」

　ちょいちょい、と指先でトウリに指示をする。主人の意を正しく読み取って、トウリが背負っていた荷袋から文箱を出した。カウンターに乗せる。

「頼まれていた長い恋文の代筆。俺が書いたことは伏せてくれ」

「もちろんです」

　クードが文箱を受け取った。カウンターの最奥にある重厚な棚を鍵で開け、文箱をしまう。

「さて、リトン様。本日のご用命をお訊(たず)ねしても、よろしいでしょうか？」

「……と、言いながら。俺のインクを出してくるのは、さすがだよ」

「光栄です」

　こん、と大きいインク瓶がリットの前に置かれた。握り拳ほどのサイズ。黒い液体が僅かに揺れている。

リットが四角柱の瓶の蓋を捻って開けた。すかさず、羽根ペンと試し書き用の洋紙をクードがカウンターに出す。

「ありがとう。時に、クード。青鵞鳥の風切羽根は手に入ったか？」

「え、まだ執着しているんですか」

「トウリうるさい！」

「僕、リット様より騒いでいませんよ」

「トウリうるさい！」

「二回も言った！」

リットが羽根ペンの先をインクに浸す。さらさらと、洋紙の上に自分の名を書く。インクの色は、明け方の少し軽くなった闇色。

「王城で、夜会が開かれます」

「うん？」

唐突な話題に、主従たちがクードを見た。

「招待状が届く前から、気合いが入ったご令嬢方々は、ご準備なさるでしょう」

「うっわ。また洋扇(クリム)か！」

リットの筆跡が乱れる。腹立たしげに、洋扇(クリム)、洋扇(クリム)、洋扇(クリム)、と洋紙に殴り書く。

「なんという運命のいたずらか！　青鵞鳥の羽根を逃(のが)すために、生まれついたとは！」

青鵞鳥、と未練たらしい筆跡でリットが文字を書き上げた。

「試し書きじゃなくて、呪いの書になっていますよ。リット様」

「トウリうるさい」

「三回目！」

「とても仲がよろしいですね」

ほわ、とクードが笑った。


「邪魔しているぞ」

王城の執務室に戻れば、机の前で賓客が寛いでいた。

「不法侵入はやめていただけますか？　ラウル殿下」

げんなりとした表情のリットに、椅子に座ったラウルが喉を鳴らす。

「お前は仕事が早いのでな。待ちきれなかった」

執務机の上に、大判の洋紙が広げられている。リットが清書したもの。

「夏離宮の改修に、そんなにもご執心だったとは。存じ上げませんでした」

固まって動けないトウリの頭を軽く叩き、リットが外套を壁に掛ける。

「トウリ。南領のカタルシュ茶園、ハイグロウンティーの茶葉で頼む」

「は、はい！　承知仕りました！」

「言葉が変だぞ」

「だって、ラウル殿下の御成りですよ！」

涙声でトウリが叫ぶ。

「本当なら、先触れの使者を立ててほしかったなー」

リットが横目で見れば、ラウルは足を組み直した。

「本当ならな。休憩がてら、私的な訪問だ。そこまでする必要はない」

「働けー」

主の軽口に、ひいっ！　とトウリが悲鳴を上げる。

「何を言っているんですかリット様！　お相手は第一王子ですよ！　不敬罪ですよ首チョンパですよ！」

「そこまで錯乱してくれると、からかい甲斐があるな」

ラウルが紫の目を細めた。

「し、失礼しました！　今、湯を持って来ますので！」

脱兎のごとく、トウリが執務室を出ていった。

「それに比べて。お前はつまらん」

「侍従と比べられても困ります」

リットが窓際の椅子に座った。窓硝子の向こうには、灰色の曇った空が見える。

「で、ご用件は？」

「その潔さは好ましいな」

「えー、貴方様に気に入られても困りますうー」

「道化師のような物言い。とても第一王子の前だとは思えん」

「今は休憩中でしょう。それにラウル殿下は王太子ではない。すり寄っても、うま味がない」

紫の目に剣呑な光が宿った。

「おや。お気を悪くされましたかな？　殿下」

「……お前が王権におもねる意思があったとは、驚きだ」

「そんなわけないでしょーが。早く幽雅な田舎生活に戻してくれ」

「それは陛下次第だ」

「やっぱり？」

はーあ、とリットが隠さずにため息をついた。

「陛下は、何をお考えか」

「何かを考えているのは確かだ」

ラウルが大判の洋紙を指差す。王家の夏の離宮の改修について、費用や工程を政務官たちが話し合った記録。

「図書館にも……、手を入れるのか」

翠の目が陰った。ただ、それも一瞬のこと。

「陛下のとち狂った命令に関係しそうだな。『納本王令』だっけ」

「正確には『フルミア国内における書籍及び図画及び資料等を収集かつ保管する王令』だ」

「長い」

「知らん」

リットとラウルが同時に息をついた。

「んで。国内すべての書籍たちを集めて、どうするんだ？」

「お前はどう考える？　リット」

「何でもかんでも、そうやって他人に振って、他人を試すのはやめたほうがいい」

「意見を聞く相手は選んでいる」

「そりゃ光栄だ。知識の継承と発展か」

「……そうだ」

ラウルが頷いた。軽口の合間に鋭い刃が挟まれている。油断ができない。

リットが言う。

「隣国のシンバルは、学問をもとにして商業の発展を進めている。雪山に囲まれた我が銀雪(フルミ)の国も参考にするだろうな。猿真似ではなくて」

「お前、その髪を茶色に染めていないだろうな？　その翠の目は造り物ではないだろうな？」

「は？」

　リットが面食らった。

「え、何？　正真正銘、天然ものだけど。……どうした、ラウル殿下。体調が悪いのか」

　珍しく本気で心配している。椅子から腰を上げたリットを、ラウルが手で制す。

「何でもない。忘れてくれ」

「そんなに弟君が心労なのか？」

　裏がない言葉ほど、よく刺さる。

　椅子の肘かけにラウルが頬杖をついた。

「夢見る無謀だぞ？」

「ああ、うん。それに関しては、正直ちょっとすまんかったと思っている」

　ラウルの眉が跳ねる。

「ちょっと？」

「ここは口を噤むのが得策でしょうか」

　ふっと、ラウルが唇を歪めた。

「あれの気質のせいもある。物語を現実に重ねることのできる発想の豊かさ、とでも言おうか。

夢を見られぬ、現実しか見られぬオレにはない才能だ」

　窓の外を鳥が横切った。灰色の空を、どこまでも飛んでいく。己の身ひとつ、翼のみ頼りに飛んでいく。

「リット。お前は――」

「お待たせしました！」

　息を荒げたトウリが駆け込んできた。

「すぐに紅茶をお持ちいたしますので！」

「いや、いい。執務に戻る」

　ラウルが席を立つ。開け放たれたままのドアへ向かう。

「休憩になった。お前も紅茶を飲んだらさっさと働け、リット」

　椅子から立ち上がり、リットが胸に手を当てる。深く頭を下げた。

「かしこまりました」

　窓の向こうから、微かな鳥の鳴き声。

「えっと……、リット様？」

　トウリだけが、場の雰囲気に取り残される。

「僕、間が悪かったですか？」

「いや？　お邪魔虫を追い払ってくれてありがとう」

「あんた本当に不敬罪に問われますよ！」

「ははは。気をつけよう」

リットが執務机の洋紙を丸め、紐で縛って壁に立て掛ける。椅子に座り、引出しを開けた。

「えっ。招待状書きをするのですか？」

「たった今、殿下直々に尻を叩かれただろ」

王家の手紙洋紙を机上に積み上げる。インクと羽根ペンを準備する。

「その前に、リット様。湯をもらいに出た時、ミズハ様から手紙を託されました」

トウリが封蝋で閉じられた封筒を手渡す。

「あいつから？　珍しいな」

ぺり、と封蝋を剥がす。封筒の中には、洋紙が一枚。

「ふーん……」

翠の目が眇められた。

「何ですか？」

紅茶のカップを温めながら、トウリが訊ねる。

「恋文の代筆依頼。内緒だぞ」

「もちろんです」

おもむろに手を伸ばし、リットが洋紙と羽根ペンを手に取る。さらさらと書きつけ、同じ封筒の中へ二枚の洋紙を入れた。蝋を垂らし、紋章を押さずに封をする。

「トウリ。紅茶を淹れたら、これをミズハに届けてくれ」

「さすが速記(はやい)ですね。わかりました」

紅茶のカップと交換で、トウリが手紙を受け取った。

第6筆　幕が上がるその前に

夜の王城に、明かりが灯った。

正面の白銀門へ、二十を超える豪華な馬車が横付けされ、招待状を手にした貴族諸侯たちが続々と到着する。侍従や料理人たちなど労働人(びと)が使う裏口の白嶺門も、バタバタと出入りが激しい。

椅子に座ったリットが呟く。

「俺もう必要ないだろうに」

宮廷書記官の正装を身に纏っている。

「期日の三日前に、俺は招待状を仕上げたぞ？」

行儀悪く脚を組み、そう不満を零した。

「そうですね」

「おい。主の言葉を受け流すなんて無礼だぞ、トウリ」

「そうですね」

リットが座っている椅子は、背もたれがないといえども、赤のビロード張りの高級品。決して、片膝に脚を乗せるという行儀で座っていいものではない。

編まれた茶の三つ編みが、やる気のなさを主張するように、だらりと垂れていた。それでも、胸の白鷺の三枚羽根は蝋燭の明かりを凛然と弾く。

「しゃんとしてください、リット様」

短いながらも、黒の正装を着たトウリが注意した。同じように、正装姿の侍従たちが忙しなく動き回っている。

「あなたが代筆なさった招待状を手に、皆様お見えですよ。こんなところで時間を潰していないで、挨拶に出てください」

「やだ」

ぷい、とリットがそっぽを向いた。

「子どもですか。いい歳した大人が、何をやっているのですか」

ちらちらと、侍従たちがリットへ視線を寄越す。その意味に気づいているくせに、無視を決め込んでいる。

トウリが盛大にため息をついた。

「リット・リトン一級宮廷書記官様。はっきり申し上げます」

「どうした。改まって」

「どうした、ではありません！」

トウリが両腕を広げる。

「ここは、侍従控室です！」

背もたれのない椅子は、侍従たちがひと休みするためのもの。決して、一級宮廷書記官が腰を下ろして良いものではない。

「あなたの御身は大広間にあるべきです！」

侍従たちが一斉に頷く。

「わかっている。もう少ししたら、出る」

「そう言い続けて、何分ですか？　三六分経ちましたよ！」

「細かいぞ、トウリ。持病の腰痛が良くなるまで、あと少し」

すっと、トウリの目が冷徹に細められた。

「……宮廷医薬師を呼びましょうか？」

「いや待て。それには及ばん。こうして大人しく座っていれば治る」

「往生際が悪い」

顔をしかめて、トウリが揃えた指で額の横を押さえる。

「いつ、大広間へ行くのですか。王族の方々より前にいないと、討ち首ですよ？」

「急な腹痛で」

「では、王城の医薬室へ。早く」

「うっ、持病の腰痛が！」

「医薬室に行かないのなら大広間の壁の装飾掛布（タペストリー）になっていてください！　侍従部屋（ここ）は邪魔になります！」

おお、と侍従たちがざわめいた。主人にはっきりと物申したトウリに、何故か拍手が沸いた。

「……くっ、お前たち後で覚えていろよ！」

捨て台詞（ゼリフ）を吐き、トウリに背を押されて退出した。

「……リトン様は、何をしたかったのでしょうか？」

年若の侍従が、傍に立つ黒髪の青年侍従に訊ねる。

「いつも通りのことだよ」

「そうですか」

「リトン様は労働人（びと）の味方でね。置物としてではなく、ちゃんと我々を見ていてくれる」

「そうなのですか？」

「君は、夜会は初めてかい？」

年若の侍従が首肯すれば、黒髪の青年侍従は微笑んだ。

「そうか。では、覚えておくといい。こんなことをするのは、リトン様だけだよ」

「おーい、そこのふたり。悪いが、運ぶのを手伝ってくれ！」

仲間が手招きしている。

「白き三枚羽根の御方から、差し入れだ！」

わっと侍従たちの顔が明るくなった。仲間のひとりが持つ大きな籐の籠(バスケット)、薔薇の形をしたクッキーが零れんばかりに入っている。

「まだ、あと一〇は籐の籠(バスケット)がある！」

「……白き三枚羽根って」

「ね。言っただろう？」

黒髪の青年侍従が片目をつぶって見せた。優雅さを失わない速さで、仲間へと駆け寄る。

年若の侍従も、笑顔でその背を追った。

大広間は人々で溢れていた。

華やかなドレスのご令嬢たちが、洋扇(クリム)で口元を隠し、噂話に興じる。

「――ねえ、お聞きになって？　陛下が、夏の離宮を大々的に改修なされるそうよ」

「――本当ですの？　姉君がお亡くなりになった、あの悲しい場所を？」

「――そうそう。あの有名な〈悲恋の塔〉がある王宮よ」

「――身分違いの恋に、引き裂かれた王女と恋人……」

「――役人だった恋人は、先王の怒りに触れ、首を刎ねられたと噂の……」

「――王女は悲しみのあまり、恋人と過ごした塔から身を投げたと伝わる……」

「――ああ、なんて心が乱れる話だわ！」

煌びやかに着飾ったご令嬢たち、花壺に活けられた色とりどりの花々、三〇〇本を超す蝋燭、白銀に輝くシャンデリアが八つ。

一際豪華な大シャンデリアは、フレスコ天井画の中央から吊るされていた。

天井に描かれているのは、美しい夜明け。紫がかった雲が、繊細な筆跡（タッチ）で表現されている。天井画の縁取りは白銀。窓の外には闇が広がっているのに、まるで昼を切り取ったように明るかった。

楽人たちが弦楽を奏でる。

招待客たちの話し声と混ざり、独特の和音となる。衣擦れ、磨かれた床に響く靴音、宝石がしゃらんと鳴く。

「――何故、陛下は王太子をお決めにならぬのだ」

「――王太子は第一王子だろう？　今宵は、その発表の場ではないのか？」

ひそひそと、貴族の当主たちが言葉を交わす。

「――大穴は第二王子か？」

「――まさか。夢見る無謀だぞ」

「――婚約者そっちのけで、小娘に熱を入れている」

「——実は、王姉の子が生きているからだ、という噂だ」

幾人かが息を飲む。

「——王子たちの従兄弟だと？」

「——それは、三番目の王継ではないか」

「——いや、信じぬぞ。所詮、噂だ。そのような者、誰も見たことがない」

人々の声がさざめく。噂話、御世辞、美辞麗句、笑い声、ひそやかな声。流れる弦楽の音。

王城の夜会の協奏曲。

その中で。

「……何をやっている」

ジンが呆れた。

「見て、わからん、のか？」

「わからないから、訊いている」

壁際に立つ主人の背を、トウリがぐいぐいと前へと押していた。全力でリットがその場に踏み止まっている。

「本当に、壁の、装飾掛布に、なっているなんて！」

「壁の、華なら、いいのかっ！」

「ご託は結構！　さっさと、挨拶回りに、行ってこい！」

「やだ」

「子どもか！」

「俺の仕事は、招待状の代筆で終わったはずだ！　何が悲しくて、夜会まで参加せにゃなら

ん！」

「夜会が終わったら、シンバル産のハイグロウンティーを淹れてあげますから！」

「何だと、トウリ！」

ぎらりと、リットの目が光った。

「どんな伝手で、そんな高級紅茶を手に入れた！」

「侍従を侮るなって話です！」

「ええい、白状しろ！」

「後でお教えしますから！　どこぞの物書きがページ数のために駄文を連ねるような時間稼ぎは、おやめください！」

「見事な皮肉だな！」

主従のやり取りを見守っていたジンが、ひとつ頷く。

「では、微力ながら協力しよう。トウリ」

そう言って、リットの首根っこを掴んだ。

「ぐえっ。し、締まっている」

降参して、リットがジンの腕を叩く。二秒後にジンが手を離す。

「……絞首刑になるかと思った」

「斬首のほうがお好みか？」

長剣の柄を握ったジンに、リットは首を横に振る。

「リット様」

トウリが目を据わらせている。

「わかった。そろそろ行く。ちょうど、宮廷書記官長もお見えになったことだし」

胸に見事な銀細工——片翼の飾りを着けたバルドが、スピルドを伴って大広間に現れた。

「宮廷書記官長どのは険しい顔をしておられるが。何かやったのか、リット？」

ジンの言葉に、リットが首を傾げる。

「心当たりが多過ぎて、思い付かない」

「そうか。それは良かった」

リットの職位のマントを、ジンが引っ張る。

「ご本人に聞こう」

「いや本当だって。バルド宮廷書記官長を困らせることは、思い付かん」

「困らせることは、だな。怒らせることはあるようだ」

「細かい男は嫌われるぞ、友よ」

「往生際の悪い男もな、友よ」

ジンの切り返しにリットが口を噤む。後ろに控えたトウリが無音の拍手をした。

「リット！」

バルドが名を呼ぶ。

「ご機嫌麗しゅう、バルド宮廷書記官長」

「道化を演じている暇はないぞ」

鋼のようなバルドの声音に、リットの表情が消えた。

「何かあったのですね？」

無表情だと、殺気を帯びているように見える。冷たく鋭い翠の目に、スピルドが唾を飲み込んだ。

「リトン一級宮廷書記官。この夜会の招待状を何通、代筆したか覚えておるか？」

「五五六組です」

宮廷書記官長の問いに、リットが淀みなく答える。

「おお、月神（クーナ）よ！」

バルドが天を仰いだ。何事かと、周囲の人々が窺う。

「この世は完璧ではない、ということか」

「お気を確かに。バルド宮廷書記官長」

スピルドが追従の笑みを浮かべた。

「所詮、リットも人の子。間違いはあります」

「何だって！」

ジンが一歩踏み出す。

その肩を、リットが手で掴んで止めた。口を開きかけた侍従は一瞥で黙らせる。

「詳細をお聞かせ願いますか」

ふん、とスピルドが鼻を鳴らす。

「覚えがないのか。それは、そうだろうな」

リットがバルドを見た。唸りながら、バルドが白い顎髭を手で撫でる。

「バルド宮廷書記官長」

「不名誉なことを、宮廷書記官長の口から言わせまい。私が教えてやろう」

翠の目が、やっとスピルドを映す。

スピルドが招待状リストを掲げ、言い放つ。

「陛下がお決めになり、ラウル殿下がお前に代筆を命じた招待状は、五五七組だ！」

リットの目が見開かれる。

スピルドが持つリストの最後に、招待状を代筆した覚えのない名があった。

――スミカ・スコット子爵令嬢。

招待状リストは、そのまま招待客が王城に到着した際のチェックリストにもなる。

「招待状を書き漏らすとは何事か！」

高らかに叫ばれた不祥事に、人々がざわめいた。

「リストと招待状の照合を行ったのは、貴殿だったはず」

普段と変わらないリットの声音に、スピルドが眉を寄せる。

「責任転嫁か。見苦しいぞ、リット」

「いや。正確に言えば連帯責任。と」

リットが付け加える。

「監督不行き届き」

バルドが深く息を吐いた。

「聞け、リット。スコット家には、スピルドが早馬で招待状を送ったそうだ」

「ほう。私の尻拭いを、フラス様がやってくださったとは」

無表情のまま、リットの声音が凍てつく。

「――いつ、お気づきに？」

しん、と大広間が静まり返った。

「ラウル殿下が示された期日の三日前に、すべての招待状を書き終えました。フラス様なら、足りないことに気が付いたはず」

ジンがトウリへ振り返った。仕事の期日を守ったことは事実であると、トウリが無言で首肯する。

スピルドが嘲笑を浮かべた。

「すぐに気づいた。だが……、私を除けばただひとり。一級宮廷書記官の職位を持つお前が、間違いを犯すなんて信じられなくてな。胸が痛んで、なかなかバルド宮廷書記官長に言えなかったのだよ」

そりゃどーも、とリットが呟く。

「それで。万が一、億が一、狼と鯨がダンスをして私が間違えたとして。スミカ嬢は、お見えなのか？」

スピルドが笑みを深くした。

「残念ながら、まだだ」

チェックのついていない招待客リストを、スピルドが高々と掲げる。

「ああ、もう王族の方々のお出ましの時間だ！」

芝居がかった嘆きに、ジンが舌打ちをした。

「嵌(は)められたな、リット」

「ああ。見事に嵌まった」

「冗談を言っている場合じゃないぞ。スミカ嬢に詫び状を書け」

「それでお前はどうする」

「スミカ嬢をお連れする。誰か！　馬を引け！」

近衛騎士団副団長の声に、何人かが走り出す。タルガとユーリの姿も見えた。

楽人たちが楽器を下ろす。代わりに、まばゆく輝くトランペットを手にした楽人が大広間に現れる。

「ジン副団長様」

人垣が割れた。金色の洋扇（クリム）を手にしたヴァローナが、三人の侍女たちを引き連れ悠然と歩いてくる。

「スコット子爵家に肩入れする必要はありませんわ」

「しかし！」

「もう王族の方々のお目見えです。子爵のご令嬢なぞ、どうでもよいではありませんか！」

おーほっほっほ、とフィルバード公爵令嬢の哄笑が響く。

「どうしましょう、リット様！」

堪らず、トウリが主人の服の端を掴んだ。

「このままでは、本当に首チョンパになっちゃいますよ！」

「――落ち着け、トウリ」

リットの唇が弧を描いた。

「焦っては事をし損じるぞ」

翠の目が、嗤う。

トランペットのファンファーレ。荘厳で威厳のある響き。

「おい、リット！」

「リット様！」

ジンとトウリが叫ぶ。

トランペットの吹奏が止んだ。式部官が述べる。

「夜空を統べる月神（クーナ）の守護を！　タギ第二王子殿下の……御成（おな）り！」

大広間の人々が、一斉に上座へと最敬礼をした。

着飾ったタギが姿を現した。

「あ」

声を漏らしたトウリが、慌てて自分の手で口を塞ぐ。

「……おい」

肘で小突いたジンへ、リットは無言で片目をつぶる。バルドが今にも天に召されそうなしゃっくりをした。スピルドとヴァローナは揃って顔面蒼白。

　タギの茶に近い金髪に、華やかな夜会に相応しい銀の装飾を着けられている。王族の証である紫の目は、落ち着きなく泳いでいた。何度も、自分の後ろを振り返る。王族ではない令嬢がタギの後に続く。

「夜空を統べる月神（クーナ）の守護を！　ラウル第一王子殿下の御成り！」

　金髪を颯爽となびかせ、ラウルが現れた。高みより、堂々とその紫の目で人々を見渡す。リットを見つけると、僅かに目を細めた。

「夜空を統べる月神（クーナ）の守護を！　国王陛下、王妃殿下の御成り！」

　王と王妃が玉座に座れば、人々は声を揃えた。

「月神（クーナ）の守護よ、永久（とこしえ）に！　銀雪（フルミア）の国よ。栄え給え、輝き給え！」

　大広間の天井に人々の声が吸い込まれると、後は静寂だけが残った。

「……挨拶の前に。何ぞ、余へ言わねばならぬことがあるな？　タギ」

　重々しく、王が口を開いた。

「はい。陛下」

　タギが頭を下げる。

　玉座の隣に座る王妃は、眩しそうに目を細めた。

「いつの間に、立派になりましたね」

　ふふふ、と微笑む。タギの眉が僅かに寄った。

「……母上、お言葉がズレております」

「あらそう？　また陛下に、天然と言われてしまいますわね」

ふふふ、と楽しそうに、王妃は口元を洋扇(クリム)で隠す。

「ラウルもそう思いますか？」

急に話を振られたラウルは、それでも顔色ひとつ変えない。

「意地悪な母上と思います」

「あらまあ。母にそんな口を利くなんて。意地悪な殿下」

「茶番は、これぐらいでよろしいでしょう」

ラウルが踵(かかと)を高らかに鳴らした。

タギへ向き直る。

「我が弟に問う。汝の身の傍に置く、その女性は何者か」

「……十分にまだ茶番だが」

ぼそりと呟いたリットの脇腹に、ジンの肘鉄が入る。黙る。

「婚約者のフィルバード公爵令嬢では、ないな？」

フロアに立つヴァローナが金色の洋扇(クリム)を畳み、きつく握り締めた。ミシミシと洋扇(クリム)が泣く。

放つ怒気で、結い上げた髪の毛先がバサバサと揺れる。

「……こわ」

トウリが零す。ジンが無言で首肯した。リットは痛みで声が出ない。

「そ、そんな。ま……さか」

スピルドの唇が戦慄く。

「いかがした、スピルド。お主がリットの代わりに早馬で送った招待状が、彼女の手に届いた証明ぞ？」

生気を取り戻したバルドに、スピルドが首を横に振った。視線は大広間の上座から離れない。

「──お答えいたしましょう、兄上！」

朗々と、タギの声が響く。

「彼女の名は、スコット子爵家のスミカ嬢」

深紅のドレスに金細工で栗色の髪を結い上げたスミカが、控えめに、それでいて優雅に令嬢礼儀をした。

「この私、タギ・フルミアが、真の婚約者と望む者です！」

「おお！」

人々が驚嘆の声を上げた。上座のスミカと、フロアのヴァローナへ視線が集中する。

バキッ、と金色の洋扇が折れた。

「お待ちになって！」

折れた洋扇をフロアに叩きつける。ヴァローナが一歩踏み出せば、人々が何も言わず道を開けた。

「タギ様の婚約者は、フィルバード公爵令嬢たる、この私ですわ！」

ヴァローナが指を突きつけた。

「たかが子爵です！　王位継承権を持つタギ第二王子殿下には、相応しくありませんわ！」

「……すっごいな舞台度胸。陛下以下、王族方々の御前だぞ？」

リットの無駄口は、ジンの鳩尾への左拳で封じられた。

「あ、手加減してくださったのですね。左手」

それでも胸を押さえてリットがその場にうずくまる。

「さすがに、落としたらまずいだろう。トウリ」

「意識ですか？　命ですか？」

「それもある」

「……こわ」

自分で訊ねておきながら、トウリは顔を引きつらせた。

「ほら、そろそろ最高潮（クライマックス）だぞ。見逃すな」

ジンがリットの三つ編みを手で引っ張る。

「おい馬鹿やめろ。しっぽが取れる！」

「馬だけに」

　ジンが手を離す。髪を押さえたリットが立ち上がった。睨む。

「鹿がお前か？」

「どちらかと言えば、おれのほうが馬じゃないか？　騎士だし」

「なるほど。じゃ、鹿は俺か。角のつけペンもあるからなぁ」

「かくかく」

　リットが言う。

「しかじか」

　ジンが言う。

「さくさく」

「うまうま」

「……ふたりでふざけないでください」

　トウリが悲鳴を上げる。

「収拾がつかなくなりますから！」

「あっちのほうが収拾つかなくなっているぞ」

　けろりとした顔で、リットが上座を示す。ヴァローナが激しく言い募（つの）っている。

「見事な修羅場だな」

　ジンが他人事のように眺める。

「出るか？　夢見る無謀」

わくわくと目を輝かせるリットに、ジンが肩をすくめた。

「それを言うな」

「これから言うぞ？」

リットの唇が吊り上がる。

「――ヴァローナ・フィルバード公爵令嬢！」

頬を紅潮させ、タギが宣言する。

「貴女との婚約を、ここに破棄する！」

一瞬の静寂の後――。

「おおおっ！」

大広間は混乱になった。

夜会どころではない。悲鳴、動揺、ざわめき。ざまぁ、と冷笑を浮かべる下級貴族の令嬢たちがいる一方で、ヴァローナに追従していた三人の侍女たちが、ひそひそと今後の身の振りを相談していた。

ヴァローナの父、フィルバード公爵が血相を変えて王のもとへ現れた。

「あら、お兄様。いつも怖いお顔が、さらに怖いですよ」

ふふふ、と笑う王妃に、フィルバード公爵は震える声を絞り出す。

「……我が妹よ。あなたの、天然に、付き合って、いる暇はありません！」

「ああ。見事な声の速度表記(アッチェル)ね。さすが、バイオリンの名手のお兄様」

「王よ！」

　フィルバード公爵は妹を無視した。

「この件に関して、別室で詳しくお訊ねしたい！」

「よかろう」

　玉座から王が立つ。

　一斉に、人々が礼を執った。

　頭を下げる招待客たちを見渡して、王が口を開く。

「各々方(おのおのがた)。しばし、時間をいただきたい。寛いでいてくれたまえ」

　畏まる第一王子を見る。

「ラウル。関係する者を、紋章の間に連れて来(こ)よ」

「はっ」

　ラウルが頭を下げ、拝命の意を示した。

第7筆　嘘と真が虚偽と真実

誰も座れない、豪奢な白銀の椅子が二脚ある。

「どうして俺も呼ばれるんだ？」

紋章の間の高い天井を見上げ、リットがぼやいた。

「関係する者、だからだろう」

靴音を響かせて、ジンがリットの隣に並ぶ。王侯貴族たちの紋章を仰ぎ見つつ、リットは自分より上背のあるジンへ噛みつく。

「何故だ！」

「知らん。おれに当たるな。ラウル殿下に訊け」

ジンが集められた面々を見回す。

タギの傍には、スミカ嬢と、父であるスコット子爵。その三人に対して、目を怒らせているのはヴァローナとフィルバード公爵だった。下座の壁際に立っているスピルドは顔面蒼白で、バルドが気遣いの言葉をかけても返答しない。侍従のトウリが、小卓に紅茶や葡萄酒を準備しても、誰も手をつけなかった。

続きの間の扉が開かれる。

「ディエス団長」

一番に入室してきた近衛騎士団団長に、ジンが振り向いた。

「見張りご苦労、ジン。配置につけ」

「はっ」

マントを翻し、リットの隣を離れた。椅子の傍に控える。

ラウルの後に、王と王妃が続く。ラウルが上座に立ち、王と王妃が豪奢な白銀の椅子に座った。

紋章の間の空気が張り詰める。

「銀雪(フルミア)の国に、月神(クーナ)の守護が永久(とこしえ)にあらんことを」

頭を下げたラウルが、口上を述べた。

王が頷く。

「聖なる氷鏡(つき)に、暗雲の一筋が映らねばよいが」

「つっ」

スピルドが顔を強張らせた。バルドの目が、徐々に大きくなる。

「……まさか、スピルド。お主」

「王の御前である！」

ラウルの声が朗々と響く。

「方々、名を名乗り給え！」

一番に、タギが膝をついた。

「フルミア国が第二王子、タギ・フルミアです。これは――」

すぐに彼女を促す。

「スコット子爵家が娘、スミカ・スコットでございます」

居並ぶ面々に臆することのない、完璧な令嬢礼儀(カーテシー)。栗色の髪に挿した金細工が、しゃらんと鳴った。

「……ニルド・スコット子爵で、ござい、ます……」

本来ならば、王へ謁見が許されない身分。唐突に呼び出され、その用件が娘のことでは、不安で声が震えても、いたしかたない。

鷹揚にラウルが頷いた。無礼にならなかったことに、子爵が小さく胸を撫で下ろす。

「そちらは？」

ラウルが手の平を上に向け、名乗りを許す。

「タギ殿下の婚約者、ヴァローナ・フィルバード公爵令嬢ですわ！」

「……王の義兄である、モンテランド・フィルバード公爵だ」

「わたくしの、血の繋がったお兄様」

ふふふ、と王妃が笑う。

「母上。口を挟まないでください。全員の名乗りがまだです」

顔をしかめるラウルへ、王妃は微笑んで黙った。

「胸に輝く片翼と三枚羽根。汝らの名は？」

上座のラウルと、椅子に座った王と王妃へ、バルドとスピルドが膝をつく。

「不肖、宮廷書記官長を務めます。バルド・タロンでございます」

「い、一級宮廷書記官の、フラス侯爵家が嫡男、スピルドで、ござい、ます」

怪訝そうに、ラウルの眉が跳ねた。

「フラス一級宮廷書記官。貴殿には、正しき王前名があったはず」

「もっ申し訳ありません！　緊張のあまり、頭が真っ白になりました」

普段の不遜な態度は何処へやら。ぶるぶるとその身を震わせて、名乗り直した。

「陛下より、栄誉（ヴァーチャス）の名をいただいて、おりました。スピルド・フラス・ヴァーチャスです」

「輝かしい隠し名持ちよ。臆するな。何ぞ後ろめたいことがなければ、堂々としておればよい」

「……はっ」

ラウルに向け、深々とスピルドが頭（こうべ）を垂れた。

「さて」

紫と翠の色がぶつかる。

「王前で膝をつかぬ汝は、何者か？」

「これは、たいへんなご無礼を。爵位なしの私めが、陛下に謁見できるなぞ、夢だと思っておりましたので」

　白々しい。

「殴って、目を覚ませてやろうか？」

　ジンが拳を握る。

「いやいや、近衛騎士団副団長のジン・ジギタリアどのの御手を煩わせるわけには、いきませぬ」

　飄々とした声音とは裏腹に、翠の目は銀鏡（つき）のように冴え切っていた。

　不敵な笑みとともに、名乗り上げる。

「ただの一級宮廷書記官。リトラルド・リトン・ヴァーチャスでございます」

　息を呑んだのは、スピルドだけではない。

　トウリをはじめ、バルド、フィルバード公爵家に、スコット子爵家。王族以外が、驚愕の表情を浮かべて固まった。

「そもそも、隠し名（ヴァーチャス）は隠すものですよ。方々、そんなに驚きなさるな」

「よく言う」

　ラウルが鼻を鳴らした。

「もっと驚く事実がありますぞ、ラウル殿下」

「何？」

　ラウルの紫の目が険しく光る。

「――なあ、スミカ嬢」

「はいっ！」

場違いなまでに、リットに気安く呼ばれ、スミカは身を震わせた。

「俺の正式名(フル・ネーム)は？」

「はい？」

ぱちくりと、小鳥のように目を瞬(しばた)かせる。

「ええと、リトラルド・リトン様ですよね」

「正解」

リットが優雅に長い脚で歩み寄る。

「だけど、スミカ嬢。どうして俺の正式名(フル・ネーム)を知っているんだ？」

「それは……。陛下の御前で、名乗りましたでしょう？」

「うん、名乗った。今、名乗った」

リットが、スミカの目の前で立ち止まる。

「今より前に正式名(フル・ネーム)を知っていたのは、王族と、宮廷書記官長と、近衛騎士団副団長と、我が侍従だけだ。スピ坊は知らんだろう」

トウリの目が大きく見開かれる。

「そういえば。図書室でも、その帰りに襲撃された時も……スミカ様は、リトラルド様、とお呼びになりました……」

　リットが首肯する。

「まっ、隠し名（ヴァーチャス）は王族しか知らんが」

「なんでそれを教えてくれなかったんですか！」

　トウリが食ってかかる。

「隠し名（ヴァーチャス）！　まさかの隠し名（ヴァーチャス）持ち！」

「ほらな。食いつくと思った」

　肩をすくめる。

「だからだ」

「リット様が、なんでもかんでも伏せるからです！」

「しょーがないだろ。天と地の間（はざま）には、トウリが思っている以上のことがある」

「そうやって、なんでもかんでも煙（けむ）に巻く！」

「後で疑問を晴らしてやるよ。今は疑惑を晴らす時だ」

　全員の視線がひとりに集まった。

「なあ？　スミカ・スコット子爵令嬢サマ？」

「スミカで構いませんわ。リトラルド一級宮廷書記官様」

「リットで構わない。簡単にいこう」

小首を傾げ、リットがおどけたように両腕を広げた。

「夜の帳が上がり切る前に、終幕としたい」

「詩人ですね」

冷めた声で、スミカが返す。

「それとも。真実を書き綴る、物書き様かしら」

「ただの宮廷書記官ですよ」

リットが畏まって胸に手を当てる。その簡易礼に、スミカは完璧な令嬢礼儀で応えた。

第二幕、開幕。


「疑惑！　そうです。諸悪は、スコット令嬢よ！」

ヴァローナが、新しい黒駝鳥の洋扇でスミカを指した。

「その小娘が、タギ様を誑かしたのだわ！　なんという悪女！」

その剣幕に、スミカの肩がびくりと跳ねる。

「待ってくれ」

マントを捌き、タギが立ち上がった。スミカを背に庇う。

「私は、自分の意思で婚約を破棄したのだ。フィルバード公爵令嬢どの」

タギの他人行儀な呼び方に、ひっ、とヴァローナは悲鳴を上げる。

「ヴァローナで結構です、タギ様！」

王族の証たる、タギの紫色の目が眇められた。

「敬称で呼んでいただきたい。もう婚約者ではないのだから」

「ですが！」

「王の御前だということを、忘れたのではあるまいな？」

仮にもタギは第二王子である。王族に従わないということは、少なからず王への叛意を疑われる。

「ご、ご無礼を。タギ殿下……」

わなわなと唇を震わせ、ヴァローナが押し黙る。言質を取られ、本当に正当に婚約を破棄されたら、堪らない。

「で、ですが。これは何かの陰謀ではなくて？」

ヴァローナが言い繕う。

「何故、後ろ盾も財力も権力もない、弱小貴族の小娘が、王家主催の栄誉ある夜会に参加できて？」

成り行きを見守っていたジンが首を捻った。

「王宮から招待状が届いたからじゃ、ないのか」

「そんなことはありませんわ！」

ヴァローナが金切り声で叫んだ。

怒り狂う公爵令嬢に、ジンが圧倒される。

「い、いや。しかし。フラスどのが持つ招待状リストに、スミカ嬢の名はあったのだろう？」

ぶるり、とスピルドが体を揺らす。焦点の合っていない目で、上座に控えるジンを見上げた。

「そうなのだろう？　フラス一級宮廷書記官どの？」

純朴なジンに見つめられ、フラスは緩慢な動きで頷く。

「……仰る通り、私が持つリストには、スコット子爵令嬢の名が、あり、ます」

「渡しなさい。スピルド」

懐からリストを取り出し、スピルドはバルドへ手渡した。

「ふむ。確かに……何度見ても、スコット・スミカ子爵令嬢の名がある」

バルドが白い顎鬚を、悩ましげに撫でる。

「大広間での説明では、リットが書き漏らしたと。それに気づいたお主が、早馬でスコット家に招待状を送った……。そうだったな？　スピルド」

「……はい」

スピルドの顔色は、蒼白を通り越して死人のような土気色をしている。

「知っているか、トウリ。首を刎ねるのは、結構難しいんだぞ」

話の流れを華麗にぶった切った。

「リット様！　あなたの首が刎ねられますよ！」

「首は腕より太いし、振り下ろす刃の角度によっては、骨に当たって弾かれてしまう。中途半端な斬り方だとな、激痛だし、絶叫だし、血は飛び散るし、刃は食い込んで抜けないし、散々なんだ」

リットが右手でとんとん、と自分の首筋を叩く。

「物語みたいにスパッと斬るのは、高度な技術がいる」

「どうして今そんなこと教えてくださるのですか！」

主の暴挙に、トウリ半泣きで訴えた。

「軽口には場違いですよ！」

「公文書の改竄(かいざん)は死罪だ」

リットの不吉な言葉。

それは、決して軽くはない。

「陛下がお決めになり、ラウル殿下が俺に代筆を命じた招待状。世界でたった一枚だと思ったか？」

王家の紋章で封がされたリストが、ラウルの手元にある。

「これは写しだ。夜会が何事もなく終了すれば、燃やされる運命」

ラウルが封蝋を剥がした。

折り畳まれていた紙が、パタパタと音を立て、開かれる。

「招待状リストは、そのまま夜会当日の招待客リストとなる。出欠のチェックがつけられたリストだけが、公文書として保存される」


パタ、パタ、パタ。


折り畳まれていたリストが、ラウルの手から床へ流れた。五五〇を超える名前が記されたリストは長い。軽やかに、床へ広がっていく。

パタ、パタ、パタ、パタ。

パタ、パタ、パタ。

パタ、パタ。

パタッ。

「おや？」

腑に落ちない様子で、ラウルが紙の端を手に取った。

リストの最後。

五五七番目。

スコット・スミカ子爵令嬢の名は――ない。

「これは、どういうことか？」

第一王子の紫の目が、身を震わせている一級宮廷書記官を射る。

「……タギ様の、御心を慮って……、書き加えました」

血を吐くように、スピルドが白状した。

「スピルド！　お主、なんてことを！」

主の言葉が繋がり、トウリは青ざめた。

「……公文書の、改竄は、死罪」

「連れて行け」

ラウルの命令に、座りこむスピルドをディエス団長が無理矢理に立たせた。扉の向こう、続きの間に控えていた衛兵とともに、紋章の間から消える。

「第二王子殿下を口実(ダシ)にしたから、不敬罪も追加かな？」

「ふん。検討しよう」

リットの言葉に、ラウルが鼻を鳴らした。広げられた写しのリストを、バルドに押し付ける。

「ああ、なんということか」

リストの洋紙に、ぱたぱたと宮廷書記官長の涙が落ちる。

「ラウル殿下」

バルドが第一王子を見上げた。

「スピルド・フラス一級宮廷書記官は、我が部下でございます。私の監督不行き届きでございます。私にも罰をお与えくだされ。そして、スピルドの罪を軽くしてくだされ」

ラウルは顔をしかめた。

「バルド宮廷書記官長よ、耄碌（もうろく）なされたか。懇願する相手が違うぞ」

全員の視線が王へ集まった。

すべての権限は、王にある。

「追って沙汰をする。下がれ、バルド」

「……はっ」

膝をついたまま、バルドは退去の礼をする。ゆっくり立ち上がると、リットを見た。

老人は、何も言わない。

「沈黙は雄弁ですね」

そのリットへ応えず、バルドは退室していった。

「さて」

場に似つかわしくない、リットの声の軽さ。

「気になる本編へ参りましょう」

リットの翠の目が、彼女を映す。

「どうして、あなたは夜会にいるのでしょうか？　スミカ嬢？」

スミカの青い目が鋭く尖る。

「王宮から、招待状をいただいたからです」

スミカが封筒を取り出した。招待状の洋紙を広げ、文面を見せる。

「――『清風月の十二夜に、夜会が開催されます。恋焦がれるあなたとお会いしたく、一日千夜の想いで、王城にてお待ちしております。美しき白銀門はあなたのために開かれ、人々は、月神（クーナ）の加護を受けたあなたに跪（ひざまず）くでしょう。大広間で、華やかなドレスを身に纏ったあなたと、恋舞曲（ヴァルツ）を踊りたい。フルミアが第二王子、タギ・フルミア』……うん」

リットがひとつ頷いた。

「恋の招待か。よく書けている」

「そんなはずはありませんわ！」

金切り声が、紋章の間を揺らした
「ヴァローナ。落ち着きなさ……」

「落ち着いていられるものですか、お父様！　スミカに招待状が届くはずありません！」

「それは何故でしょう、ヴァローナ公爵令嬢サマ？」

リットの問いに、間髪入れずヴァローナが答える。

「当然でしてよ！　だって、ワタクシが——」

時間が消えた。

しん、と紋章の間が静まり返る。

誰もが、彼女の続きを察した。

顔色を失ったヴァローナが、無言で唇を戦慄かせる。

「——ワタクシが、手紙を横取りしましたもの」

ヴァローナの口調に似せ、リットが台詞を引き継いだ。

「語るに落ちる。使い古された表現は好きじゃないが、あなたのためにあるような慣用句だな。ヴァローナ嬢？」

「お黙りなさい！」

大音声がびりびりと空気を震わせた。

「ワ、ワタクシは。公爵令嬢ですわ！　タギ殿下……の、婚約者です！」

「だったら、自信満々にふんぞり返っていればよかっただろ？　手紙をちょろまかすなんて姑息な手を使わないで」

リットの言葉に、スコット子爵が気色ばんだ。

「なんと卑怯な。それが大貴族のやり方か！」

スコット子爵の非難にも、歴戦のフィルバード公爵は動じなかった。

「残念だ、皆の衆」

これ見よがしに、フィルバード公爵がため息をつく。

「お父様……？」

「冷静になりなさい、ヴァローナ。騙されてはいけない」

フィルバード公爵が、スミカが持つ手紙を指差した。

「その招待状は偽物だ！」

「なんですって！　本当なの、お父様」

「そうだ。ヴァローナ」

あらあらまああ、と王妃が口元に手を当てた。王は険しい表情で、事の成り行きを静観している。

「皆の衆も、とくと見よ。スミカ嬢の招待状には、代筆者名が書かれていない！」

手紙の最後は、タギの名で終わっている。

スピルドが代筆した招待状なら、代筆者として、スピルドの名が洋紙に記されているはず。

それが、ない。

「王家の手紙洋紙は、見たところ本物のようだが。どうせ、姑息な手を使って盗んだに違いない」

フィルバード公爵が見下す。

「そこの侍従を、そそのかしたのかもしれん」

「なっ！」

怒りでトウリの頬が紅潮した。首を横に激しく振る。

「しません、そんなこと！　盗む、なんて！」

荒れる感情に口が追いつかない。フィルバード公爵がうすら笑いを浮かべた。

「図星で動揺しているようだな。侍従が罪を犯したとなると、主人も同罪。いやそれ以上の重罪だぞ」

「あ、お気遣いなく」

飄々とした態度を崩さないリットに、フィルバード公爵の眉間が険しくなる。

「お忘れでしょうか、フィルバード公爵様」

「何？」

翠の目に、刃に似た光が閃く。

「この手紙には、代筆者名は不要なのですよ」

「なんだと。それはどういう意味――」

言い募るフィルバード公爵に、リットが人差し指を立てた。自身の唇に当てる。お静かにを意味する身振り（ジェスチャー）。

「私が書いたのだ」

　本人が白状した。

「タギ？」

「本当だ、兄上。私の独断で、陛下に相談もせず、手紙を出した」

　ラウルの目が微かに大きくなる。

「……ただ。何を、どう書いていいのか、わからなくて。他の宮廷書記官を通して、リットに助言を求めた」

　リットが微笑む。

「よく書けていますよ、タギ殿下。記載すべき事柄をお教えしただけなのに、文面から若い熱情がひしひしと伝わってきます」

「リット。貴様！」

　フィルバード公爵が怒鳴った。

「宮廷書記官の職務をお忘れか。フィルバード公」

　消えた笑みに、絶対零度の声。

　冷徹な翠。

　居並ぶ人々の背筋が凍った。

　息を吸い損ねたフィルバード公爵の喉が、ひゅっと鳴る。

「王家の代筆を担う栄誉ある職位。もちろん、夜会の招待状の代筆も行う。その際は、代筆の責任を記すために名を書き入れる」

リットが言葉を切った。

ただ、例外がある。

「――王族直筆の手紙に、代筆者名が入るわけがない」

スミカのもとに届いた手紙が、タギ自身の直筆ならば。

「本物なのですね！」

満面の笑顔で、トウリが叫んだ。

「リストに名前がなかったのも納得できます！　名前がなくても、タギ様の直筆の招待状を持つスミカ様は、夜会に参加できます！」

そう言い切って、トウリは気づく。小馬鹿にしたように、主人が自分を見つめている。

「あれ？　僕、変なことを言いましたか」

「詰めが甘い」

はあ、とリットが深く息を吐いた。

「招待状を持っているのに、王城にいるのに。どうして、スピルドが加筆した招待客リストにチェックがなかったんだ？」

「あれっ？」

トウリの頭を、リットが叩く。

全員の視線を一身に受けるスミカは、俯いた。

ドレスを握り締めた手が、子兎のように震えている。

「スミカ」

タギが彼女の手を取る。

「大丈夫だ。何があっても、ぼくが君を守る」

「タギ様……」

第二王子と子爵令嬢が、身分差を越えて見つめ合う。

「ネタばらしは、好きじゃないんだが」

甘い雰囲気をなぎ払って、リットが言う。

「白銀門ではなく、白嶺門から入ったんだな?」

それは王城の裏口。

「何故だ?」

リットが問うた。

「よ、読み間違えました。だって、似ているのですもの」

白銀門と白嶺門。

呼び名は似ているが、用途はまったく違う。

王城の表門は、白銀門である。

当然のことながら、招待客は白銀門から入るので、出席の有無をチェックする役人は、白銀門にしかいない。

「だから、招待客のリストに印が付かなかったのか。ふーん……」

探るようなリットの目を、スミカが気丈に見返す。

「入城する際、妨害されないようにという、タギ殿下のご配慮だと思いました」

「ああ、招待状リストにさえ、載らない客だもんな」

きっ、とスミカが睨んだ。

「しかしながら、タギ殿下から正式な招待を受けております！」

タギが深く首肯した。怪訝そうにリットを見つめる。

「何か、問題でもあるのか？」

「疑問なのです」

リットが右の人差し指を立てた。

「仮にも貴族である子爵令嬢が、どうして裏口の白嶺門を知っているのか？」

無音で空気が凍りついた。

「……ええと、いや。だって。……待ってください」

　呆然としながらも、トウリが口を動かす。

「リット様だって、白嶺門をお使いになりますよね？」

「俺は爵位なし。貴族じゃないから裏門を使うのが身の丈に合っている。仮に、名誉ある上級職位だといえども、働き手――労働人の端くれだ」

　その言葉は謙遜ではない。

　宿るは、己の職務への誇り。

「だから仕事にケチを付けられて、ちょっと頭にきている」

「全然、ちょっと、じゃ、ないですよ……」

　消え入りそうな声でトウリが呟く。怒っている。盛大に怒っている。

　穏やかな表情のまま、リットの目は一切笑っていない。その翠の瞳には、抜き身の刃を思わせる鋭利な輝き。剣呑な光。

「隣国と文通する才女様」

　ジンが目を丸くする。どうしてそのことが、今、関係するのか。

「おい、リット」

「教えてくれたのはお前だぞ。友よ」

　リットが唇を歪めた。

「お相手はサードか？」

三番目と聞こえ、ラウルが弾かれたように顔を上げた。

「……はい」

スミカが力なく、首を縦に振る。

「それなら、白嶺門のことは納得できる。サードから教えてもらったんだな？」

「ええ。直筆の招待状なら、招待客リストにチェックされなくても、咎められないことも」

「ふーん。親切なことで。自身の経験談か？」

リットが王に視線を投げた。王は何も言わない。

「まあ、いいや」

リットが、タギへ向き直る。

「それで、殿下。冗談ではなく、ヴァローナ嬢との婚約破棄をお考えですか」

「ああ。ぼくの心は変わらない」

「そんな――」

ばさ、とヴァローナの手から黒駝鳥の洋扇が落ちた。膝から崩れ落ちそうになる娘を、フィルバード公爵が抱き止める。

「失礼、陛下。我が娘の気分が優れないようだ」

噛みつくように義弟を睨んだ。

「別室で休ませる」

王の許可を得ずに、フィルバード公爵はヴァローナを連れて、紋章の間を出て行った。

後には、王族と、子爵家と、近衛騎士団副団長と、宮廷書記官の主従が残された。

第8筆　物語の果て

「タギよ」

王が重々しく口を開く。

「はい。陛下」

「事の重大さを理解しておるな？」

大々的な婚約破棄。

貴族諸侯たちの動揺。公爵家との関係にヒビが入るは必至。

「はい。どんな処罰でも受けます」

タギの紫の目が、父王を真っ直ぐに見る。

「スミカ嬢との婚約を、お認めいただきたい」

「……ふむ」

王が息を零した。

「スコット子爵家のスミカよ」

「はい。陛下」

「タギとは、身分が違うことを理解しておるな？」

王位継承のあるタギと、財力も権力もない弱小貴族の娘。

「畏れながら、陛下。――『恋の金の矢に射抜かれたら、己の心に正直になるべき』と存じ上げます」

「〈白雪騎士物語〉か」

ふっと、王が笑った。

「リット」

「はい、陛下」

紫の瞳が、翠を威圧する。

「お前にも、責があるようだな」

「いや、ちょっと……。それは話が飛躍し過ぎかと思います」

「お前が紡いだ物語が、我が息子と可憐な令嬢を、結び付けてしまったのだぞ？」

「物語の力は怖いですねぇ」

リットが諦めたように肩をすくめた。

「陛下の姉君も、こんな感じでした？」

ふふふ、と笑うのは王妃。

「そうですよ。私の愛しい親友イリカは、恋人のサフィルドと物語について、ずうっとふたりで盛り上がっていました。親友を奪われたようで、それはそれは、恨みましたとも。ふふふふ」

「そのお蔭で、王妃様は陛下と結ばれた」

「巷で、イリカは悲劇の王女と言われておりますけれど。真（まこと）は異なりますからねえ」

「首チョンパされた役人が生きていますからねえ」

王妃と同じ口調で、リットが言った。

「……いろいろ問い質（ただ）したいが」

ジンが手で額を押さえる。盛大に頭が痛い。身体的に、精神的に、頭が痛い。

「リット」

「なんだ、ジン」

「王前での態度は後で説教するとして」

「言葉（ワード）で頼む。長剣（ソード）は勘弁してくれ」

「お前が紡いだ物語とは、何のことだ？」

「〈白雪騎士物語〉のことだろ」

あっさりと、リットが答えた。

「あっ、この場合は、恋愛ものの〈花の名は〉や〈世界の果てで真実を誓う〉のことか？　悪政を正す〈世直し伯爵〜この紋章が目にはいらぬか〜〉や〈獅子王が参る！〉ではなさそうだ」

ズキズキと、頭痛がジンを襲う。キリキリと胃が泣く。

「どうした、ジン？　持ち前の頭痛か胃痛か」

「その両方だ！」

ジンが一喝した。

「トリト・リュート卿は、お前だったのか！」

「敬称をつけるなよ。恥ずかしいだろ」

否定しないことが肯定。

トウリとスミカが絶句した。

「嘘だ！」

トウリは認めない。

「あの素晴らしい物語を執筆したリュート卿が、紅茶ばかり飲んでちっとも働かないリット様だなんて……。僕は信じない！」

ラウルが目を据わらせる。

「おいこら、トウリ。宮廷書記官の役目は立派に果たしているだろ。どこぞの殿下が無茶ぶりをした招待状書きだって、期日の三日前に仕上げただろう」

「そうでした。締切りは守りましたね」

「いや。お蔭で締切りはギリギリだった」

単語の使い分けに、トウリが眉を寄せた。

「ほら、城下にインクを仕入れに行っただろ？　あの日が頼まれていた原稿の最終締切り日」

「あ！」

クードに渡した文箱。

――頼まれていた長い恋文の代筆。俺が書いたことは伏せてくれ。

インク屋での言葉が耳に蘇る。

「楽しみにしとけ。また一番に本を持って来てやる」

刊行されると、すぐに手渡される最新本。

どんなに人気でも、必ずリットは手に入れてくる。

「執筆者だから、いつも、本が届くのですね……」

「うん。ちなみに初版本な」

トウリは気が遠くなった。麗しのご令嬢だったら、きっと気絶しているだろう――。

「サインをください！　リット様！」

目を輝かせたスミカが詰め寄った。

「あっ、たくましい」

トウリの呟きに、ジンが苦笑した。

「すごいな。リットが気圧されているぞ？」

「――トリト・リュート卿とお呼びしたほうが？　すべての物語を読みました！　名前しか知られていなかった貴方様にまさかお会いできるとは感無量ですわたくしのイチ押しは〈白雪騎

士物語〉で何度も読み返していて特に気に入っている場面は――」

「待て。待て待て、スミカ嬢！　わかったから。後でサインしてやるから！」

手の平を向けて降参する。

「その言葉、まことか！　ぼくにもサインを！」

「あああ、タギ殿下も同じか！」

ふたりに挟まれ、リットが助けを求めるが、ジンはその様子を眺めているだけだ。

「おい、ジン！」

「リュート卿の正体は、おれの胸に留めよう。団員たちを失望させたくない」

「お前、恋文を代筆してやった恩を忘れたのか！」

「ああ。忘れた」

「薄情者！」

リットの叫びが、格式高い紋章の間に響いた。

「――いろいろ後にしろ。この場はサイン会ではない」

呆れたラウルの声に、はっとタギとスミカが我に返った。慌てて相好を正す。白銀の椅子に座する王を窺う。

「茶番は終わったようだな」

「し、失礼いたしました……」

消え入りそうなタギの声に、スミカも頭を下げる。

「そこの人気物書きの言葉を借りるなら、本編も終幕（フィナーレ）だ」

鷲のごとく、王がその目を光らせた。

「我が息子、タギよ」

「はい。陛下」

「どのような処罰も受け入れると言ったな」

ごくりと、タギが唾を飲み込む。

「はい」

うむ、と王が頷く。

「スコット子爵家のスミカよ」

「はい。陛下」

芯の強さを思わせる青い目が、王の紫を見た。

「タギを好いておるのか？」

「はい」

ふふふ、と王妃が微笑む。

王が言葉を変え、再び問う。

「フルミアの第二王子を好いておるのか？」

「いいえ」

はっきりと、スミカが答えた。

スコット子爵が顔色を変える。

「スミカ！　なんという無礼を！」

王がスコット子爵を手で制す。

「よい。これでわかった」

玉座から立ち上がった。

　宣告する。

「タギ・フルミア第二王子よ。汝の身分を剥奪する！」

タギの表情が消える。

「および、王位継承権も取り上げる。何ぞ、申し開きはあるか？」

「……ありません」

その場に膝をついた。タギは頭（こうべ）を垂れ、従順の意を示す。

「うむ。重ねて命じる」

顔を曇らせ、タギが顔を上げた。さらなる処罰が下されるのか。

「タギ・スコットと成り、夏の離宮改修へ責任者として携われ」

「なんと！」

タギが驚きに声を上げた。

それは婚約を通り越して、結婚を命じる言葉。

「スコット子爵も、よいな」

「は、はいっ！」

子爵の声が裏返る。一瞬にして、タギのスコット家へ婿入りが決まった。

タギと子爵の目が合う。

身分を剥奪されたといえども、王家の証である金髪紫目。最も貴い血筋が、何の後ろ盾も財力も権力もない子爵家に入る。

タギが立ち上がり、スコット子爵の前に移動した。

「王家の力ではなく、僕自身の力で、スミカを幸せにします」

くしゃりと、スコット子爵の顔が歪んだ。涙が、頬を伝う。

「……娘を、よろしくお願いします」

「ああ、義父（ちち）上様！」

ふたりが抱擁した。スコット子爵に腕を解かれると、タギは嬉しさに泣いているスミカへ駆け寄った。

抱き上げて、口づけを交わす。

「良い話だなー」

　ぱちぱちと、リットが拍手を送る。

「けれども、陛下。スコット子爵家には、離宮改修を賄う財力がありませぬ」

　リットの言葉に、王は椅子の肘かけに頬杖をついた。

「あら珍しい。陛下が不貞腐れるなんて。ふふふ」

「余は不貞腐れてはおらぬ、王妃。フィルバード公爵家の凄まじい囀りを聞くことになると思うと、頭が痛いだけだ」

「あら。財貨は、公爵家に負担させるのですね」

「仮にも宮廷書記官が書いた招待状、王宮からの手紙を横取りした罰だ。それに、フラス侯爵家の財産がある」

「まあ怖い。お取り潰しになりまして？」

「本来なら死罪ぞ」

　ふふふ、と王妃が微笑む。

「お優しい陛下。ねえ、ラウルもそう思うでしょう？」

「一番怖いのは、この権謀劇を観て微笑んでいられる母上です」

「あら、まあ」

　確かに、と一同が同意する。

「そうかしら？　母としては、この場に及んでも、ラウルが王太子ではないことが心配です」

　王の眉が跳ねた。

「それは脅しか、王妃よ？」

「いいえ、陛下。おどけてみただけです。だって、あまりにも思惑謀略が飛び交った夜会ですもの。少しは和ませようと思って」

「裏目に出ています。母上」

　厳しいラウルの声に、王妃が洋扇を広げる。

「ふふふ。では、椅子のお飾りとして大人しく黙っております」

　夜空に浮かぶ三日月のように、その唇が弧を描く。


「大広間に戻らなくていいのですか？　リット様、ジン様」

　トウリが小卓にビスケットを置く。

「惨状に参上する義務はないいな」

　執務室の窓辺に立ったリットは、桟に両手をついた。大広間のざわめきも、ここには届かない。窓硝子の向こう、蝋燭の入った外灯が、夜闇に回廊を浮かび上がらせていた。

「今宵は三日月か」

椅子に座ったジンが窓を見上げる。

初夏の夜空に、細い月が架かっていた。雲が多い。

「それで、トウリ。俺は務めを果たしたぞ」

くるりと身を反転させ、リットが後ろ手に窓の桟へ手をつく。

「まあ、そうですね」

「シンバル産のハイグロウンティーは？」

これ見よがしに、トウリがため息をついた。

「今、湯をもらってきます」

「茶葉はどこにある」

リットの目がらんらんと光る。

「侍従詰所の僕の私箱です。湯と一緒に持って来ますから、大人しく待っていてください」

トウリがドアを開け、執務室を後にした。

部屋には、リットとジンのふたりが残される。

「リット」

「うん？」

ジンが腰に吊った長剣の鞘を、左手で押さえた。

「お前、何者だ」

「耄碌するには早すぎるぞ。宮廷書記官だ」

「違う」

ジンが首を横に振った。灰色の髪が揺れる。

「紋章の間で、お前は王へ跪かなかった。それなのに、陛下と王妃様は咎めなかった。何故だ」

「御心が広大な方々なのだろう」

「隠し名（ヴァーチャス）持ちだからか？」

栄誉の名は、王から授けられる。その呼び名を知ることができるのは、王族のみ。

「いや、違うな」

ジンが自分自身の言葉を否定する。

「スピルドだって、隠し名（ヴァーチャス）持ちだ」

「あいつの栄誉は〈仕留め槍（ファランス）〉だぞ。スピルド・フラス・ファランス。二年前の春の狩りの時に、王の矢が刺さったまま逃げた雄鹿を、見事仕留めたから」

「……どうして、そんなことまでを知っているんだ？」

「伊達に、王城内外の恋文代筆を請け負っていない。いろいろ楽しい話が入ってくる」

「役人や市井の民が知っている話じゃないぞ」

ジンがリットを睨む。

「隠し名（ヴァーチャス）は、栄誉の名。王族しか知らないはずだ」

長い茶髪は三つ編みにされ、背で揺れている。ジンを見返す翠の瞳は、時に宝石にも例えられる美しさ。

それでも、王族の証である金髪紫目ではない。

「失われた時を求めるか？　ジン」

リットが唇を吊り上げた。妖艶なその笑みに、ぞくりとジンの背筋が凍る。

「お前……噂の三番目(サード)と、繋がりがあるのか」

「噂の三番目(サード)？」

「とぼけるな。仮にも宮廷書記官だろ。宮廷内で流れる噂話を知らないはずはない」

「ああ。王姉の子が生きているってやつか」

ジンが首肯する。

「王女が亡くなり、その恋人も処刑され、残された悲劇の子だ。今まで生死は不明だったが、ここ数年から人々の口に上り出した。殿下たちの従兄弟は生きている、と」

「ああ。生きている」

「本当か！」

がたん、と大きな音を立てて椅子が横倒しになる。立ち上がったジンが慌てて直す。

「ここにいる」

リットが自分の胸に手を当てた。

「んん？」

「だから、俺が王姉の遺児なんだって。ジン」

「冗談はやめてくれ！」

「冗談だったら、どんなに良かったか」

リットが肩をすくめる。

「き、金色の髪に、紫の目じゃ、ないぞ？」

「ありがたいことに父親譲りさ。いやあ、助かった。ありふれた茶髪に翠の目で」

はっはっは、と軽薄に笑う。

「もし金髪だったら。今頃、ラウル殿下に首チョンパされていたな」

「いや、待て。待て待て待て。頭の混乱を押さえるのが困難だ」

頭を抱えて、ジンが見る。

「話を整理してもいいか？」

「どーぞ」

リットが小卓のビスケットを摘まむ。さくさくと食べる。

ジンが深く息を吸った。

「リット。お前が……王姉の遺児ということを、誰が知っている？」

「陛下と王妃。ラウル殿下は調べて探しまくって、辿りつきやがったな。平々凡々に片田舎で代筆屋をやっていた、俺の幽雅な生活に乱入しやがって。王城に仕えるか死ぬか選べと突きつけられた。暴君の片鱗を見たね」

ビスケットを口にくわえたまま、リットは眉間に皺を寄せた。

これで、紋章の間で跪礼（きれい）を執らなくても、不敬に問われなかった理由がわかった。

「んんん？　じゃあ、スミカ嬢と文通しているという隣国の相手——サードも、お前のことか？」

「それは違う」

指についたビスケットのかすを、リットは舌で舐めた。

「サードは人名だ。略称でもある」

「シンバルの貴族か？　正式名（フル・ネーム）は」

「王妃が言っていただろう。サフィルドだ。サフィルド・リトン」

「お前の父君か！」

「そー」

感慨もなく、あっさりとリットが首肯する。

「ちょっと待ってくれ！」

「お前の心の準備を待っていたら、夜が明けてしまうぞ。ジン」

うう、とジンが図星を突かれた。

聞きたい。

けれども、踏ん切りがつかない。

「ほら、早く。トウリが戻ってきてしまうぞ」

その言葉に腹をくくる。

「恋人は先王の怒りに触れて、首を刎ねられたという噂だ。生きているのか？」

「噂というものは、だいたい半分真実から成り立っている」

三日月が雲に隠れた。

薄暗くなり、ジンからはリットの表情がよく見えない。

「右手首を斬り落とされたんだ」

手首でも、首には違いない。

「利き手を失って、宮廷書記官としての命は終わった。俺を連れて隣国（シンバル）に逃げたはいいが、まあ、いろいろあって、今に至る」

三日月の端が雲から覗く。光が徐々に戻ってくる。

リットの横顔に微かな月光が降る。無表情だと、静かな殺気を帯びているように見えるその顔（かんばせ）。見慣れた友が、遠い存在に思えた。

「……なあ、リット」

ゆっくりと、ジンが口を開く。

「おれは、お前の、友だ」

「何だ。急に改まって」

リットは窓の外を眺めている。夜空には雲が多い。風が吹いているのか、三日月を隠していた雲が薄れてゆく。

「どんなお前だって、これからだって、おれはお前の友でありたい。だが、その。訊いていいものなのか、わからんが……」

「俺の隠し名か？」

真剣な表情で、ジンが頷いた。

「我が友よ。天と地の間には、知らぬほうがよいこともある」

「……そうだよな」

凛とした声に、ジンが眉を曇らせる。

「悪かった。忘れてくれ」

「いや？　教えないとは言っていない」

「お前は本当に人をからかうのが得意だな！」

「ちゃんと相手を選んでいるぞ」

「そんな気遣いはいらん」

楽しそうに、リットが喉の奥を鳴らす。

「俺も、お前と同じでありたかったからな」

「文学的言い回しはまどろっこしいぞ、一級宮廷書記官どの」

「リュート卿と呼ばないところが誠実だな、近衛騎士団副団長どの」

「サイン本をトウリに贈ってやれ」

「考えておこう」

　雲が晴れた。

　三日月が姿を見せる。

「……もう隠す名でもないか」

　怪訝そうなジンに、リットが振り返った。長い三つ編みが、尾のようにその動きを追う。淡い月光を受けた茶色の髪が金色に染まる。

「俺の隠し名（ヴァーチャス）は、フルミアだ」

　翠の目が嗤った。

chapter 02
The graceful life of court clerk Litt
宮廷書記官リットの有閑な日常

第1筆　代筆依頼はオレンジの香り

「助けてくれ、リット！」

昼下がりに、執務室の扉が開かれた。

「何だ、どうした？　ジン」

肩で息をする友の姿に、リットが目を丸くする。振り向いた拍子に、三つ編みの茶髪が尾のように揺れる。

「王城の庭で、狼と鯨がダンスでもしていたのか」

リットの冗談に答えず、ジンが速足で執務机に近づく。彼の慌て様に驚き硬直しているトウリは、蔑ろ（スルー）にされた。

ばん、とジンが机上に手紙を置く。

「あー……、なるほどな」

手にしていた羽根ペンの羽先で、リットがこめかみを掻く。

「行儀が悪いぞ、一級宮廷書記官どの」

「指摘が細かいぞ、近衛騎士団副団長どの」

リットが息をついた。

「恋文をもらったのか。返事に困って、俺に泣きつくのは何度目だ？」

「三九回目だ！」

　ジンが律儀に答える。

「んで、今回こそは受けるのか？　えーと、差出人はコーネス家のリリア嬢か。別嬪と名高いご令嬢だなよかったな没落ったが」

「良くない！」

　ばん、とジンが手の平で執務机を叩いた。インク瓶とペン置きと高く積み上げられた洋紙が、一瞬だけ宙に浮く。

「丁重にお断り申し上げるには、どうしたらいい！」

　涙目のジンに、リットは翠の目を細めた。

「騎士なら正々堂々、面と向かって言いやがれ」

「見捨てるな友よ！　それができないから、お前に頼んでいる」

「リット様……、お断りのお返事を代筆してあげましょうよ」

　硬直から自然回復したトウリが、憐みの視線をジンに投げた。普段なら凛々しい姿の副団長が、今は肩を落として打ちひしがれている。

「トウリ。お前は主人に似なくて良いやつだな。近衛騎士団(ウチ)に来るか？」

「是非！」

騎士物語に憧れる侍従の目が輝いた。

「おいこら。勝手に結託するな」

不満げにリットが眉根を寄せる。羽根ペンを置き、椅子に背を預けた。

「大体なぁ、お前は恋文をもらい過ぎなんだよ。剣ではなく、女性を振るとは何事か。それでも騎士か」

「畏れ多くも、ゼルド陛下より近衛騎士団副団長を拝命した騎士だ」

「真面目に返すなよ」

「茶化すのは性に合わん」

「つまらん」

真っ直ぐなジンの灰青色(かいせい)の瞳に、リットは鼻を鳴らす。

「紅茶ばかり飲んで働かない宮廷書記官様より好感が持てます」

しれっと言うトウリに、リットが口を引き結んだ。顔を背ける。

「拗ねないでください、リット様。事実ですよ」

「そんな現実はいらん。それに」

コツコツ、と指で執務机を叩いた。

「ジンが乱入してくるまで、俺はちゃんと働いていたぞ?」

「……すまん」

消え入りそうなジンの声。

覇気のない彼に、主従ふたりが慌てた。

「いつもの軽口だ真に受けるな！」

「紅茶を飲んで休憩しましょ、そうしましょ！」

「……すまん」

リットとトウリが顔を見合わせる。

「とりあえず座れ、ジン」

リットの言葉に、緩慢な動きで従う。

トウリがカップを二客用意した。部屋の隅、木桶の中の水で冷やしていたポットを手にする。

滴る水を布でぬぐい、カップに紅茶を注ぐ。

「南領産の茶葉に、オレンジピールを漬け込みました」

「ああ。ありがとう」

ジンがトウリからカップを受け取る。

ひと口飲む。

軽い口当たりの紅茶に、柑橘の香りがふわりと立つ。涼やかな喉越し。強張っていた体から力が抜ける。

「うん……、美味いな」

「落ち着いたか？」

同じようにカップに口をつけ、リットが尋ねた。ジンが頷く。

「ああ、取り乱して悪い」

「恋文なんて、お前にとっては珍しいものでもなかろうに。どうした？」

あまねく男たちを敵に回す台詞。トウリは主人を冷めた目で見る。

「いや……、間が悪い」

紅茶を飲み干し、ジンがため息をついた。

「間の前に、幕が上がっていないのだが」

「芝居がかった言い回しはよくわからん、リット」

「最初から話せってことさ、友よ」

ジンが唸る。

「季節は花咲月だ」

「夏がどうかしましたか？　ジン様」

首を捻るトウリに、ジンが重ねて言う。

「銀雪の国は、交易外交シーズンだろう」

険峻な山々に囲まれたフルミアは、冬になればその名の通り雪で閉ざされる。

「そういうことか。不器用な男だな」

紅茶のおかわりを要求したリットに、トウリが声を上げる。

「全然、僕にはわかりません。説明をください！」

それまで紅茶はお預けだと言わんばかりに、トウリがポットを腕に隠した。

「あっ、この野郎」

「お口が悪いですよ、リット様」

窘める侍従に、リットが息をついた。

「他国隣国との外交の一環で、剣の親善試合があるんだ」

リットの言葉に、ジンが首肯する。

「親善試合のために、鍛錬に集中したい。けれど、この時期になると……」

「きゃー、ジン様。がんばってくださーい」

主人の黄色い声に、トウリが眉をひそめる。

「どこからそんな声が出るんですか」

「喉からに決まっている」

「……真面目に返答されても。反応に困ります」

「困っているのは、ご令嬢たちの恋文の返事書きに時間を割かれてしまうジンだ」

「なるほど」

トウリは主人ではなく、ジンの空のカップに紅茶を注ぐ。

「おいこら、侍従(トウリ)。主人を蔑ろにするな」

「お客様優先です」

リットが肩をすくめた。

「御尤(ごもっと)も」

「いや、おれは客じゃ――」

「代筆を依頼しに来たんだろ」

ジンの言葉をリットが遮った。

「我が友でも、客であることには変わりない」

トウリが主人のカップに紅茶を満たす。黄金色の水色(すいしょく)に、柑橘の香り。

「その恋文お断り代筆、引き受けよう」

リットが片目をつぶって見せた。


羽根ペンが走る。

言葉に迷うことはなく、止まることもない。

速い。

瞬く(またた)間に洋紙の上に文字が綴られる。書き手の翠の瞳は、脇目も振らず紙面に集中している。インク瓶を見ないで(ノールック)、ペン先へインクをつけた。文字を書く。言葉を綴る。

椅子に座ったジンが、息を殺してリットを見守る。ありふれた茶髪から覗く鋭利な翠の目。真剣みを帯びた友の表情に、唾を飲み込む。

「ん。こんなもんか」

リットが羽根ペンを置く。

誤字脱字(スペルミス)ひとつなく、恋文の返信が書き上げられた。

「お見事です。リット様」

執務机の傍に控えたトウリが小さく拍手をする。

「どうだ？」

洋紙を向けたリットに、ジンが椅子から立つ。執務机に歩み寄り、洋紙を受け取る。

「ああ、良いな。これなら、波風立てずお断りできそうだ」

「清書は自分でやれよ、ジン」

弾かれたように、ジンが顔を上げた。

「このまま送ったら駄目なのか？」

「駄目だ。お前の筆跡で返信してやれ」

リットが執務机の上に両肘をつく。手を組んで顎を乗せる。

「それが相手に対する誠意というものだ」

「……そうだな」

ジンが洋紙を折りたたみ、トウリが差し出した封筒に入れた。

「トウリ」

「はい、リット様」

「お前、一緒に城下へ行って便箋を選んでやれ。ジンはそこまで気が回らんだろう」

「かしこまりました」

ジンが首を傾げる。

「便箋なら持っているぞ。何か不都合あるのか？」

これ見よがしに、リットがため息をついた。

「以前、恋文お断り代筆したのは、緑萌ゆる初夏だった」

「そうだな」

頷くジンへ、リットは冷めた視線を投げる。

「今は花咲月の盛夏だ。前に使った若葉の便箋は季節に合わん。新しいものにしろ」

うっ、とジンが言葉に詰まる。

「き、気づかなかった」

「ほらな」

「さすがです、リット様。ジン様のことを熟知しているとは」

トウリが目を輝かせた。

「まるで〈白雪騎士物語〉の主人公レオン騎士とエーヴォン王みたいです！」

「……まーな」

きらきらとした視線を向けられ、リットは困惑する。期待という圧力。

「何だ、トウリ」

「次の物語は、いつ刊行されますかね！」

「良い子にしていたら、聖ユキラスがそりに乗って持って来てくれるぞ」

「冬まで待てません」

不満げに眉を寄せたトウリに、リットが息をつく。

「インク屋に訊いてみればいい」

「クードさんですか？」

「悪い、ジン。一番上の文箱を取ってくれ」

リットが壁際の棚を指差す。

「これか？」

長身のジンが難なく手に取る。自分なら踏み台を使わなければ届かない高さに、トウリは口を引き結ぶ。

「ん、ありがとな」

手渡された文箱を、リットはトウリへ突きつけた。

「クードのところに行って、依頼されていた長い恋文を置いてこい」

ぱっと、トウリの表情が晴れやかになる。

「はい、行ってきます！」

「中身は見るなよ」

「もちろん見ません。侍従をなめないでください」

心外そうに、トウリは文箱を抱え込んだ。

「ふたつも使いを頼んで悪いな」

「いいえ、トウリはリット様の侍従であります！　何なりとお申し付けを！　本と引き換えに！」

本音を隠さないトウリに、リットが笑う。

「わかった。期待していてくれ」

「はい！」

「いやあ、頼りがいのある侍従を持って俺は幸せ者だなぁ」

「……リット」

「何だ？　友よ」

鼻歌を歌い出しそうなほど機嫌が良い友に、ジンの灰青（かいせい）の目が据わる。

「おれたちが城下に行っている間、お前は何をする」

「無論もちろん」

リットが両腕を広げて伸びをする。

「優雅で有閑な時間を満喫するのさ！」

コンコン、と執務室の扉がノックされた。

「はい」

文箱を片付け、取次ぎでトウリが扉を開ける。黒髪の青年侍従が立っていた。

「ヤマセさん」

「やあ、トウリ」

黒髪の侍従が微笑む。

「失礼いたします。リット様、ジン様。ご機嫌麗しゅう」

嫌な予感に、リットの頬が引き攣った。

ヤマセが文盆をトウリに差し出す。

「リット様へ、殿下からです」

「ありがとうございます」

トウリが手紙を受け取った。では、とヤマセが去っていく。

パタン、とトウリが扉を閉じれば、リットが執務机に突っ伏した。

「ど、どうした。リット」

慌てるジンに、絶望感が満ちる声でリットが言う。

「……終わった」

「何が」

「……俺の、麗しき有閑な時間が」

「どうしてだ？」

恨みがましく、リットがジンを睨む。

「殿下は、ひとりしかいないだろう」

「まあ、そうだが」

「絶対、面倒事だ。俺を呼び出すなんてそうに決まっている」

「手紙を読まねば、わからんだろう」

リットが飛び起きた。

「賭けるか、友よ」

「賭けない、友よ」

「つまらん」

不貞腐れるリットへ、トウリが手紙を突きつける。

「さあ、リット様」

満面の笑み。

「働け」

第2筆　幸せと試練は青い鳥

ジンが途方に暮れていた。

「こんなに……、種類があるのか」

「はい」

黒のくせっ毛が特徴的な青年店主が微笑む。

「便箋は三十種類ほど扱っております」

「インク屋なのにか？」

「ええ。インクと合わせて、お買い求めくださるお客様が多いので」

「うーん……」

木のカウンターに並べられた便箋を前に、ジンが腕を組んだ。

「トウリ。お前なら、どれを選ぶ？」

リットからのお使いを済ませたトウリが、便箋たちを眺める。

「そうですねぇ」

シンプルな金枠の紙から薄紅に染められた紙、蔦模様が浮き押しされた紙、押し花が漉き込まれた紙、フルミアで好まれる銀の、細かな箔が散った紙、無地でも厚く手触りにこだわった紙、などなど。

「これは、どうですか？　今が花盛りですよ」

トウリが指差す。白いフリージスの花が浮き押しされた便箋。アヤメとスイセンに似たその姿が、繊細ながらも特徴的に表現されている。

「それは香り付きです。おすすめですよ」

店主に促され、ジンとトウリが手に取った。匂いを嗅ぐ。

「本当だ。甘酸っぱいフリージスの香りがします」

顔を輝かせて、トウリが尋ねる。

「クードさん。これ、どうやって作ったのですか」

「フリージスの香水を染み込ませています」

ジンの灰青（かいせい）の目が瞬く。

「高級品じゃないか」

「驚くような値段ではありませんよ」

数字が書かれたカードをクードが見せた。それでも、一番安い便箋の倍の値段。

「恋文のお返事なら、これくらいの品物は妥当かと思います」

「そうなのか？」

クードの言葉に、ジンがトウリに助言を求める。トウリが頷く。

「恋文代筆のリット様は、お相手によって紙を使い分けていました。ジン様のお相手へ失礼ではない品だと思います」

「さすがリットの侍従だな。よく知っている」

感心したジンが、トウリの頭を撫でる。嬉しそうにトウリが目を細めた。

「じゃあ、店主。これを貰おうか」

「ありがとうございます。今、お包みしますね」

カラン、と来店のベルが鳴った。

ジンとトウリが振り返る。

「いらっしゃいませ」

クードが声を掛けた。フードを被った青い目の女性と、腰に長剣と短剣を帯びた女騎士のふたり組だった。

ジンと女騎士の視線がぶつかる。

「まあ、素敵。見たこともない色のインクがあるわ」

フードの女性が楽しそうに言う。店棚に並べられた色とりどりのインク瓶を覗き込む。

「ねえ、シズナ。このインクはあなたの瞳の色よ」

女騎士の袖を引く。ジンから視線を外し、シズナが振り向いた。ひとつに結われた茶髪が揺れる。

「ほら、きれいな琥珀色」

「ルー様。はしゃいでインク瓶を割らないでくださいね」

「シズナは心配性ね」

「心配にもなります。理由を申し上げましょうか？」

「長い小言は間に合っています」

ルーと呼ばれた女性が、クードに尋ねた。

「試し書きはできますか？」

「はい。もちろんです」

クードが首肯すれば、勝手知ったる店内で、トウリが羽根ペンと試し書き用の洋紙をカウンターに準備した。

「こちらで書くことができますよ」

「あら。ご親切にありがとう」

フードの女性が微笑む。

「トウリ」

クードが息をついた。

「ありがたいですが、あなたもお客様です。働かなくて大丈夫ですよ」

はっとした表情でトウリが顔を上げた。ジンが苦笑する。

「侍従の性か？」

「は、はい。どうしてか、体が動いてしまって」

「リットにこき使われているんじゃないだろうな」

トウリが首を横に振った。

「そんなことはありません。適度に……というか、リット様の長い休憩をぶった切るのに忙しいです」

「帰ったら殴ってやろう」

「右手でお願いします」

「お、手加減はいらないのか？」

「それはまた別の機会に」

ジンとトウリのやり取りを、微笑ましそうにフードの女性が見つめていた。

靴音が続きの間に響く。

窓から差し込む強い陽に、リットの胸元に留まる白鷲の三枚羽根がきらめく。

「失礼いたします」

手紙で指定された紋章の間で、呼び出した本人が椅子に座っていた。

「来たか」

纏う職位のマントを捌き、リットが一礼をする。

「貴方様にお会いでき、光栄です。王太子ではないラウル殿下」

ラウルの紫の目が、鋭くリットを射た。

「不敬罪で投獄するぞ」

「暴君と告発しますよ」

「誰に？」

「民に」

ふん、とラウルが鼻を鳴らす。リットは肩をすくめた。

「俺をいじめて楽しいですか？　ラウル殿下」

「正当な理由ある呼び出しだ」

うーん、とリットが唸る。

「全然、まったく、心当たりがありません。殿下の生誕祭の招待状代筆は、もう済ませましたが。今頃、招待客の手元に届いているでしょうに」

「別件だ。一級宮廷書記官、兼――」

ぴくりとリットの眉が跳ねた。

「そんなことをしたら、お前が使えなくなる」

挑発的なリットの言葉にも、ラウルは鼻を鳴らすだけだった。

「が、確かめてみます？　髪を燃やし、目を抉り出して」

ありふれた茶髪に翠の瞳。

「正真正銘、天然ものです」

「お前、本当にその色彩か？　茶と翠は造り物ではないのか」

小首を傾げたリットに、ラウルは眉根を寄せた。

「何か？」

じっと、ラウルがリットを見つめる。

「隣国のシンバルと、商談の席を設けるのですね」

「我がフルミアの、銀と白い黄金の取引についてだ」

言い当てられたラウルは、つまらなそうに肘掛けに頬杖をつく。

「信書代筆ですか」

「権謀術策ではない外交があったら、教えてほしいものだな」

リットの軽口に、ラウルが呆れた。

「……うっわ。職位の敬称呼びなんて、権謀術策の類じゃん」

「宮廷書記官長補佐どの」

「殿下は、やけに色にこだわりますね」

リットの翠の目が僅かに細められた。

「王家には〈彩色の掟〉があるのに」

「悪いか？」

「いえ。傲岸不遜だと思いきや、意外と繊細な殿下も好ましいですよ」

「投獄されたいようだな」

「まさか」

リットが首を横に振った。茶髪の三つ編みが尾のように揺れる。

「殿下は、本当に私を投獄したいのですか？　首チョンパのほうが早いと思いますが」

「脅しか」

「滅相もない。こちらは命が懸かっております」

翠と紫がぶつかる。

しん、と沈黙が紋章の間に満ちる。

「……失うには惜しい駒だからな」

先に目をそらしたのは、ラウルだった。

「ありがとうございます。命拾いしました」

慇懃（いんぎん）に、リットが頭を下げる。

「んで、価値をお認めいただいた私めに、代筆させる信書のお相手は？」

ラウルが唇を歪めた。

「シンバルの第一王女だ」


装飾掛布(タペストリー)が掲げられた長い廊下の先。天井まで達する大扉を、ふたりの衛兵が守っている。

「ご苦労」

「はっ」

リットの姿に衛兵たちが頭を下げた。

悠然と歩を進め、リットはつなぎの間を通り抜ける。辿りつくは、机がいくつも並ぶ大部屋。大きく取られた窓から光が差し込み、仕事に勤(いそ)しむ宮廷書記官たちの手元を照らしていた。インクと洋紙の匂い。大窓の向こう、見える木の枝陰で、瑠璃色の鳥が卵を温めている。平和な日常の一場面。

「リット様！」

職位のマントに雉の一枚羽根——三級宮廷書記官の証を着けた少年が声を上げた。作業をしていた宮廷書記官たちの手が、一斉に止まる。

「やあ、皆の衆。そんなに励むな。適度に休憩をしろよ」

「リット様もお仕事にいらっしゃったのでしょう？　休憩ではなく」

少年がリットに駆け寄る。

「まーな。ミズハの言うとおりさ」

リットが軽く肩をすくめた。くすりとミズハが笑う。高い職位を持つ割に、おどけた仕草が多い。

「お仕事のご命令がありますよ」

たったひと言で、リットが眉根を寄せた。

「陛下が何だって？」

ミズハが目を丸くする。まだ何も言っていない。

「ええっと、清書です。新しく発布する王令の……」

「ふーん。ミズハがやればいい」

リットの言葉に、ミズハが激しく首を横に振った。

「とんでもない！　ボクは三級です！」

「今はな。飾り文字が書ければ、宮廷書記官長に昇級を推薦してやるよ」

「本当ですか！」

ずるいぞー、抜け駆けかー、私も推薦お願いしますー、俺もー、お前は昇級したばかりだろー、働けー、お前も手を動かせー、などなど。大部屋に賑やかな声が満ちる。

「――何やら、楽しそうだねぇ」

奥の部屋から、ひょっこり初老の男が顔を見せた。

「私も混ぜてくれないかい？」

「セイザン様！」

慌てるミズハに、一同がびしりと固まる。騒ぎ過ぎたか、叱られるのか。緊張が宮廷書記官たちの間を走った。

「ああ、セイザン宮廷書記官長。ちょうど良いところに」

動じることなく、リットが言う。

「ミズハの昇級について、ご相談が」

「うん？　何かな」

「花と蔦と鳥と鹿と獅子の飾り文字を書けるようになったら、二級に上げてやってくれませんかね」

「うん。いいよ」

あっさりとした推薦に、あっさりとセイザンが頷く。

「期限は区切るかい？」

「そうですね。そのほうが楽しい」

「ちょ、ちょっとリット様。ボクの昇級で遊ばないでください！」

えー、とリットは不服そうに声を漏らした。

「俺の推薦を受けた身だぞ？　達成してみせろよ、簡単に」

「困難ですよ、五種類の飾り文字なんて！」

「じゃあ、間を取って。オオルリの卵が孵るまでを期限としよう」

にこにこと、セイザンが微笑む。

宮廷書記官たちが一斉に窓の外を見た。オオルリの雄が、卵を温めるメスへせっせとエサを運んでいる。

あー、とリットが呟く。

「間って、飾り文字から取りましたか？」

「鳥だけにね」

セイザンの言葉に、誰かが私物のオペラグラスを取り出した。

「――卵はまだ孵っていないようです」

別の宮廷書記官が、律儀に帳面へ記録する。

「――よし。観察役と記録役を順番で回すぞー」

「――ペアになるくじを作ったぞー」

「――おー、引け引けー」

「――昇級の合否に賭ける奴ー」

「――乗ったー」

「――支援妨害なしだぞー」

「――正々堂々、見守るぞー」

「くっ、無駄に仕事が早い！」

あっという間に、賭けの表が壁に貼られた。

同僚たちの温かな応援に、ミズハは拳を握る。

「じゃあ、リット。奥の部屋で推薦書を書いてもらおうか」

セイザンの微笑みに、リットが首を傾げる。

「あれ？　仕事が増えた……」

ため息をつきながらも、ミズハの肩を叩く。

無言の応援。

きゅっと、少年が唇を噛む。その目に揺らがぬ強い意志が宿る。

「あ、俺の名も賭け表に書いておいてくれ」

リットが宮廷書記官たちに言う。

「――もちろん、合格に」

窓の外から、オオルリの囀りが聞こえてくる。

「仲間思いの良い子たちだねぇ」

紫檀の執務机に座ったセイザンが微笑む。

「愉快な仲間たちですよ」

別の机に座ったリットが、手を動かしながら言った。推薦の文言が、洋紙の上に軽やかに書かれる。

「バルドは、良い子たちを育てた」

ぴたり、とリットの手が止まった。

「……お元気そうですか」

「うん。宮廷書記官長を辞して、悠々自適な隠居生活だって手紙にあったよ」

「羨ましい！」

叫んだ勢いそのままに、リットが推薦書にサインする。リトラルド・リトン・ヴァーチャスの文字が走り書きされた。それでも流麗な筆跡は崩れない。

余分なインクを紙——他の宮廷書記官の書き損じ——で吸い取らせて、文章の体裁を確認する。

「これで、どうですか？」

椅子から立ち上がり、リットが推薦書をセイザンに手渡した。サインの隠し名(ヴァーチャス)は、ヴァーチャスとしか書かれていない。

「うん。いいよ。文頭(ぶんとう)の鳥の飾り文字が脅しになっていて、いいね」

羽を広げ、今にも飛び立ちそうな一羽の鳥が描(えが)かれていた。その翼に、文字の一字が装飾され、隠されている。

「オオルリだね」

「ええ、幸せを運ぶ青い鳥ですよ。合格を願ってね」

「脅しじゃないんだね」

「それもあります」

「優しいねぇ」

セイザンが受領のサインを書き込んだ。

「リット。君は、ダンスは得意かい？」

「は？」

翠の目が丸くなる。

「人並みには、こなせますが。夜会舞踏会の類(たぐい)は苦手です」

「ご令嬢たちから人気だろうに」

「いえ、爵位なしなので。ありがたいことに不人気です」

「じゃあ、舞踏会に出ても問題ないね」

にこにことセイザンが笑みを浮かべる。その表情の種類をリットは知っている。

「権謀術策の用件ですか」

「うん。宮廷とは恐ろしいねぇ」

セイザンが腕組みをした。小柄な体ながらも、独特な威圧がある。

「先ほど、殿下にシンバルへの信書代筆を命じられました」

「ああ。ルリア第一王女にかい？」

察しが良いのはリットだけではない。元政務官の目が、鋭く光る。

「……メリア第二王女に、手紙は出さないんだね」

「恐らく。内容が銀と白い黄金の商談ですからね。恋文ではないですからね」

「うーん。銀と岩塩の採掘量のことかな」

フルミアの主要な交易物。特に、白い黄金と呼ばれる岩塩は良質で、価値が高い。

「シンバルのことだから、採掘量を増やせ、取引価格を下げろと要求してきそうだねぇ」

政務官の役職から離れたとしても、セイザンの勘は鈍らない。

「相手は、聡明と名高いルリア第一王女か。早くラウル殿下と結婚して、フルミア側になってくれないかなぁ」

リットが息をついた。

「そうなったら、殿下にベタ惚れのメリア第二王女は黙っているでしょうか？」

セイザンが口元を歪める。

「想像するだけで、怖いねぇ」

「――『女性のヤキモチほど、怖いものはない』ですね」

懐かしそうに、セイザンが目を細めた。

「バルドの言葉だね。宮廷書記官として、立ち回りに苦労したようだから」

「その点、セイザン卿は器用ですね」

「どうかなぁ」

のらりくらりと、はぐらかす。

「君のほうが器用だよ。リット」

「私は平穏な生活を望むだけです」

「ラウル殿下に見出された時点で、それは終わったと思うけど」

鋭い舌鋒はバルドにはなかったもの。

リットが冷笑を浮かべた。

「さあ、どうでしょうか？」

「選ばれる者は、どこにいても選ばれるよ」

セイザンの言葉に、リットが息を漏らす。

「ほう。さすが、宮廷書記官長になられたセイザン卿。おっしゃることが違う」

「気に障ったかな？　一級宮廷書記官、兼、宮廷書記官長補佐どの」

リットが笑みを深くした。

「皮肉ですか」

「『与えよ、されば返されん』かな」

降参、とばかりにリットが両手を軽く挙げた。

「喰えないお人だ」

「じじいを食べても美味しくないよ」

「では、舞踏会でご令嬢をつまみ食いするのですか？」

セイザンが目を見張った。

声を上げて笑い出す。

「くっくく！　いいね、その切り返し。言葉（ワード）が長剣（ソード）だ」

「ありがとうございます」

リットが頭を下げた。

無数の絵画が飾られた部屋がある。

構図は違えど、すべて同じ人物画。金の髪に紫の目をした青年。

「あぁ、ラウル様」

うっとりと少女がため息をついた。

「どうして、あなたはラウル様なの？」

甘い吐息が問い掛ける。

青年の絵画は答えない。それでも、少女は微笑んだ。

「かっこいいわ。美しいわ」

歌うように少女が言う。一番大きな絵画に近づいた。彼を見上げる。紫の瞳と目が合う。

「うらやましいわ」

壁の小卓に、紫のフリージスが飾られていた。少女が一輪手に取り、慈しむように撫でる。

「……ずるいわ」

くしゃり、と花を握り潰した。

甘酸っぱい香りが周囲に漂う。

第3筆　琥珀と灰青

「南領のアール茶園はあるか？」

「ありますよー」

ジンが尋ねれば、紅茶屋の娘は迷うことなく壁の棚から木箱を取り出した。

「味は軽めに仕上がっておりますー。冷やして飲むのがオススメですー」

彼女が木箱の蓋を開ける。中には濃い琥珀色の茶葉が入っていた。

「トウリ。どれぐらいが妥当だ？　リットに贈る手間賃は」

「そうですね。五〇ガラムで良いかと」

トウリが口元に手を当て、答える。

「そうか。――じゃあ、それを五〇くれ」

「ありがとうございますー」

磨かれた木製のカウンターの上で、紅茶と貨幣が交換される。

「またのお越しを、お待ちしておりますー」

独特な語尾の店娘に見送られ、ジンとトウリは紅茶屋を出た。

「小腹が空いたな」

ジンが手で腹を押さえる。

「何か食べてから戻ろう、トウリ。おごるぞ」

「本当ですか！」

きらっと、トウリの目が輝く。

「何がいい？　揚げ団子か、ミートパイか……」

ふっと、ジンの視線が路地に吸い込まれる。既視感のあるフードが、ちらりと見えた。

ふたりの女性が、四人の男たちに囲まれている。

「ジン様！」

駆け出したジンの後を、トウリが追う。大通りから離れた路地。

石造りの高い建物に囲まれた薄暗い空間に、不穏な空気が満ちていた。

「――お命頂戴、ですか？」

フードの女性の言葉に、茶髪の頭に布を巻いた男が唇を吊り上げる。

「物わかりのいい嬢ちゃんだな」

長剣を抜く。

「下がってください。ルー様」

女騎士がフードの女性を背に庇う。

「……クードさんのお店にいた、おふたりですね」

追いついたトウリが、小声で言う。無言でジンが頷き、腰に帯びていた長剣を確かめる。

「トウリ。離れていろ」

「はい」

荷物を抱きしめて、トウリが後退する。

ジンが一歩踏み出す。

「んだぁ？　テメーは」

顎に傷がある男が、ジンに気づいた。これ見よがしに、担いだ長剣で自身の肩を叩く。

「女性を傷つけようとするやつに、名乗る名はない」

「汚ねえ髪色のヤローが、カッコつけやがって。灰でも被ったか？」

はん、と顎に傷のある男が下卑た笑みを浮かべた。他の三人が嘲笑する。

トウリが唇を噛む。

叫び出しそうになる声を殺す。彼の気を散らしてはいけない。

「残念ながら、灰より血を被ることが多いな」

ざっ、と草を薙ぐような音が響く。

「ぎゃあ！」

赫（あか）と悲鳴が散った。

金臭（かなくさ）い匂いが漂う。

長剣を一瞬にして閃かせ、ジンが傷のある男の右腕を切った。ぼたぼたと、石畳の上に血が流れ落ちる。

「テメー、正気かよ！」

頭に布を巻いた男が、叫びながら長剣を振るう。

遅い。

両手首を断られた。鋭い傷口からピンク色の尺骨が見える。瞬く間に血があふれる。男の絶叫。

「こ、こんなの。き、聞いてねーぞ！」

残りふたりが背を向けて走り出し——ひとりは重い蹴りを背中にもらい、ひとりは左の太腿に刃を受けた。むわっと赫い臭いが弾ける。バランスを失って転倒する。

ジンが蹴り倒した男の腕を捻り、武器を落とす。

「トウリ」

「はいっ！」

「悪いな。おふたりを連れて、スレイ騎士団を呼んできてくれ。王都守護を担う彼らなら、もう気づいていると思うが」

甲高い笛の音が聴こえた。フードの女性はびくりと肩を震わせたが、トウリは知っている。呼笛。天を舞う鷹のように、スレイ騎士団は笛で意思疎通を図る。

「大丈夫ですか？」

駆け寄るトウリの眼前に、突きつけられる長剣。

女騎士の目には、警戒の光。

「え――」

彼女の刃をジンが弾いた。

「ジン様！」

トウリの声は悲鳴に近い。

「剣を収めろ。おれたちは敵じゃない」

「だが、味方でもない」

女騎士の言葉に、ジンが目を見張った。

「我らに関わるな」

彼女が片割れを促す。フードの女性が走り出した。ジンが虚を突かれた一瞬の間に、女騎士も身を翻した。速い。

「こっちだ！」

スレイ騎士団の呼笛が鳴り響く。三人の騎士が、裏路地に現れた。

「これは」

血の臭いが満ちる周囲に、息を飲む。

その中央。赫に染まっていない灰色の髪の青年に、嫌疑の目が集中する。

「おい！　そこの――」

呼びかけにも答えない。

ジンの灰青(かいせい)の瞳は、ふたりが消えた路地に向けられている。

「……逃がした」

ぽつりと、零す。


「災難だったな」

南領アール茶園のアイスティーをカップで飲みながら、リットが呟く。

「災難でしたよ」

執務室の窓辺に立つリットとは対照的に、トウリはぐったりと椅子の肘掛けに身を預ける。

「まあ。あいつの本気の二割を見ることができて、よかったな」

「あれで二割ですか！」

裏路地での一件は、リットに報告してある。

「近衛騎士団の副団長だぞ？　相応の実力がないと務まらない」

「それは、そうですが……」

「普通だっただろう？」

そう尋ねるリットの、目が嗤っている。

「気負いもせず、かと言って緊張もせず。普段通りの様子で、容赦なく男たちを斬った」

むわっと広がる濃い血の臭い。思い出して、トウリは口に手を当てた。

「聞いたことないか？　あいつは、剣の鷲大狼（グリフィネール）さ」

「……剣の鷲大狼（グリフィネール）」

トウリが呟く。脳裏に、鷲の上半身に狼の下半身を持ったフルミアの神獣が思い浮かんだ。気性は荒く、黄金を守る存在。黄金を狙う者を鋭い爪牙で切り裂くという。

リットが薄い笑みを浮かべた。眇められた翠の目には、冷酷な光。

「鷲大狼（グリフィネール）の伝承と同じように。あいつの生きる延長線上には、殺戮がある」

「ジン様は、そんな人ではありません！」

執務室にトウリの叫びが響く。

声が天井に吸われれば、後には静寂が残った。

「……申し訳ありません」

「いや、いい。気にするな」

主人への無礼を咎めないリットに、トウリの顔が泣きそうに歪む。

「あいつを思っての発言だ。怒らないさ。それに、そんな狭量なら、主人を前にして椅子に座っている時点で首チョンパだ」

「うう……」

リットの正論に、トウリは顔を伏せた。腕で目元を強くこする。

「リット様」

ぱっと顔を上げた。

「何だ」

「紅茶のおかわりは？」

翠の目が微笑む。

「いただこう」

トウリが椅子から立ち、冷やしているポットを手にした。リットが差し出したカップに琥珀色を注ぐ。

「休憩ついでに、ちょっと体でも動かすか」

「はい？」

首を傾げるトウリに答えず、リットは紅茶に口をつけた。

「やあ、キミか。ならず者たちを斬ったというのは」

スレイ騎士団の応接の間で、椅子から立ち上がったジンは盛大に顔をしかめた。

「傷つくなぁ、その反応」

「……失礼した。レガート副団長どの」

黒髪の青年が、冷たい笑みを浮かべる。

「久しぶりだね。まあ、座りなよ」

レガートが向かいの椅子に腰を下ろした。しぶしぶ、ジンも彼に倣う。

「僕と話すのが、そんなに嫌なのかい？」

「いや……、違う。が、ええっと」

言い淀むジンに、レガートは唇を吊り上げた。

「居心地が悪いだろうね。僕の妹が、キミに恋文を送ったばかりだから」

うぐ、とジンが言葉に詰まる。

「僕としても不愉快だけど。もし、キミと妹が結婚したら。僕とキミは義兄弟になるわけだ」

「心配無用だ。そうはならない」

言い切ったジンに、レガートの緑の目が丸くなる。

「へぇ。妹のリリアを振るんだ？」

「あ！　いや、えっと、その……」

慌てふためくジンに、レガートは笑い声を漏らす。

「くくっ。正直者は馬鹿を見るよ」

「ご、ご忠告感謝する」

ジンの灰青（かいせい）の目が泳ぐ。目の前に座るレガートを見ることができない。

「リリアも強（したた）か者だからね。出世頭のキミを放ってはおかないよ？」

「それは、困る」

「夜這いに行くかもね」

「もっと困る」

くくく、とレガートが喉を鳴らす。

「そもそも。どうして、おれなんだ?」

ジンが眉を寄せた。

「数年前、夜会で挨拶しただけだぞ」

「知らないよ。直接リリアに訊きなよ」

「いや、それは……」

尻込みするジンに、レガートは足を組んだ。

「少し昔話をしようか」

ジンの目に警戒の光が宿る。

「三年前に、コーネス家が巻き込まれた話さ」

応接の間の、窓の向こう。

傾き始めた陽の中を、瑠璃色の鳥が囀りながら飛んでいく。

「……コーネス家が関わった一件なら、おれも耳にしたことがある」

ジンの言葉に、レガートは椅子に背を預けた。

「そうだろうね。領主が失脚した不祥事だから」

当事者の家の者なのに、レガートは他人事のように言う。

「冷血漢だと思ってくれてかまわないよ。ジンどの」

「いや」

ジンの灰青の目が、真っ直ぐにレガートを見た。

「何かしら思うところがあるのだろう」

レガートがため息をつく。

「領地を通ってシンバルへ行く商隊や旅人たちから、領主が高い通行税を巻き上げて私腹を肥やし、シンバルへ賄賂を贈っていたなんて。三文芝居にもならないよ」

心底つまらなそうに、レガートは吐き捨てた。

「あの、神経が細くて万年胃痛持ちの父上に、そんなことができるとは思わない」

同じ胃痛持ちのジンは、頭痛を覚えた。

「……レガートどのは、別に画策した者がいると、考えているのか」

「さあ。どうかな？」

話を聞かせておきながら、レガートは惚ける。じとり、とジンが目を据わらせた。

「まあ、そんな訳で。コーネス家は伯爵の身分を剝奪され、領地を追われたのだけど」

「剣の腕でスレイ騎士団副団長まで上り詰めた、有能なレガートどのは何がしたい？」

ジンの言葉に、レガートは自嘲の笑みを浮かべる。

「剣の腕はキミに負けるよ。鷲大狼どの」

ぴくりとジンの眉が跳ねた。

「それとも、灰青の牙と呼ぼうか？」

レガートの緑の目が、ジンを捉える。友とは違う彩色に、ジンは眉間に皺を寄せた。

「会ったことはないけれど、弟妹がいるそうだね」

「……ああ」

ジンが首肯する。彼の感情が籠らない声に、レガートの唇が弧を描く。

「キミのように、灰青の瞳を持っているのかい？」

「いや、あいつたちは違う。綺麗な青だ」

「なぁんだ」

レガートが足を組み替えた。

「――使えないな」

「レガート！」

ジンが立つ。膨れ上がる殺気。びりびりと、空気が震える。

「弟妹を侮辱するな！」

長剣の柄を握ったジンを、レガートは無表情で椅子から眺めた。

「侮辱するつもりはない。だって、事実だろう？　ジキタリア家の中で、高い身体能力を有するのは、灰青の瞳を持つ者だけだ」

レガートの視線がジンを射る。

「キミだけだ」

ばたばたと、複数の足音が廊下から響く。

「どうかされましたか！　レガート副団長！」

乱暴に扉が開かれた。肩で息をする四人の団員に、レガートは一瞥をくれる。

「別にどうもしてないよ。ノックしなよ」

ひっ、と団員たちが息を呑む。

「で、ですが。その……」

ジンが柄から手を離した。ふっと殺気が掻き消える。

「失礼した、レガートどの。友曰く、おれは真面目でつまらないそうだ。あまり、からかわないでくれ」

「良い友人を持ったね」

レガートの皮肉にも、ジンは他意なく首肯した。

「ああ。本当に」

「つまらないね」

ふん、とレガートが鼻を鳴らした。

「キミたちも下がっていいよ。近衛騎士団副団長が直々に斬り倒した男たちの話は、僕が聞いておくから」

四人の団員たちが互いに顔を見合わせた。

「しかし、その。レガート副団長の身に何かあったら……」

団員のひとりが言い募る。

「それとも、命令したほうがいいかい？」

追い打ちをかけた。

「いえ！　失礼しました！」

ばたばたと、来た時と同じように慌ただしく去っていく。

「部下に愛されているな、レガートどのは」

「それは皮肉かい？　ジンどの」

「いや。本心だ」

レガートが深く息をついた。

「リリアも、もっと良い踏み台があっただろうに」

「待ってくれ。何の話だ？」

すぐには答えず、レガートが腰を上げた。窓辺へ歩き、茜色に染まり始めた空を仰ぐ。

「僕たちは成り上がりたいんだよ」

レガートの瞳が夕日を映す。

「いや。取り戻したいと言ったほうが、正しいかな」

「……おれは爵位持ちじゃないぞ」

伯爵の身分を手にしたいのなら、見当違いだ。

「知ってる。リリアも理解している」

「では、何故」

首を傾げるジンに、レガートが笑う。

「言っただろう？　踏み台だよ。僕たちのための」

ジンが口を引き結んだ。

「くっくっく。キミは本当に正直者だね」

「レガートどのに褒められても、嬉しくはない」

「利用されるのは嬉しいんだ？」

「揚げ足を取るのは、褒められたことじゃないぞ」

「ジンどのに褒められても、何の得にもならないよ」

ぴりっと空気が張り詰める。

「……さて、お遊びはここまでにして。本題に入ろうか」

「ああ」

ジンが頷く。レガートとの言葉の応酬は疲れる。椅子を引き寄せて座った。

「キミが斬った男たち。三人は命に別状のない重傷だけど、軽傷のひとりから話を聞くことができたよ」

レガートが振り向いて、肩をすくめた。

「さすが、剣の鷲大狼（グリフィネール）だね。ひとりは生かしておいたんだ？」

「誰も殺してはいない」

ジンの声音が固い。

「キミには珍しいことだね」

「おれが殺戮を好むみたいに、言わないでもらいたい」

「違うのかい？」

「違う」

ジンが己の右手に視線を落とした。剣だこのある分厚い手の平。強く握る。

「欺瞞だね」

レガートが言う。

「その力を、存分に奮ってみたいと思うだろう」

「思わない」

灰青（かいせい）の瞳に強い光が宿る。

「力は正義じゃない。だから、正しく恐れて使わないとならない」

「ふうん……」

興味なさそうに、レガートは息をついた。

「男たちはもちろん裏稼業の者で、依頼があったらしいよ」

「依頼？」

ジンが顔を上げた。

「あのフードの女性と、騎士を襲撃するようにか？」

「そう。狙いはどっちだろうね」

うーん、とジンが唸る。

「私怨のようではなかったな。恨みを晴らすなら、もっと残虐なやり方があるはずだ。油を掛けて生きながら燃やすとか」

「発想が怖いよ、近衛騎士団副団長どの」

レガートの顔が引きつる。

「キミは本当に、敵に回したくないね」

「味方でもないが――あ」

言いかけて、ジンが思い出す。

「そういえば、騎士に言われたな。味方ではないって。我らに関わるなって」

「ふうん？」

口元に手を当て、レガートが声を漏らす。

「我ら、ねえ。誰だろうねえ。今、王都で騒ぎを起こされては困るんだけど」

「いつでも王都での騒ぎは困る」

真面目なジンの受け答えに、レガートがため息をついた。

「やだやだ、真面目。これだから朴念仁は」

ジンがむっとなる。

「その朴念仁に恋文を送ってきたのは、どこのご令嬢だ？」

「リリア以外にも、たくさんいるのだろう」

「くっ」

「図星？　ああ、嫌だな。本当にこの男は」

「……レガートどのには負ける」

「口先でキミに勝っても、何の得にもならないよ。吹聴して回ろうか」

「やめてくれ」

口達者のリットとは異なるが、調子が狂うのは同じ。

ジンが盛大にため息をついた。

第4筆　フリージスの花の咲く頃に

紋章の間でリットに仕事を押し付けた後。

図書室に寄り、自分の執務室へ戻る途中で、ラウルは政務官の一団に出くわした。

庭に面した回廊を、夏の離宮の改修について賑やかに話しながら歩いてくる。先頭を行くのは、金髪に紫の目をした少年だった。

ラウルの存在に彼が気づく。

「あに――ラウル殿下！」

「息災で何よりだ。タギ・スコット統括官」

「はっ」

タギに倣い、政務官たちが一斉に頭(こうべ)を垂れた。

「少し、散歩に付き合え」

「は？」

きょとんとした紫の瞳は、自分より幼い。ラウルは笑みを浮かべて、庭へと歩き出した。

「自分の生誕祭だというのに、忙(せわ)しなくてな。どこぞの宮廷書記官を見習って、息抜きだ」

「そういうことでしたら」

人払いをして、ラウルとタギのふたりだけで庭を歩く。

傾き始めた陽光は、それでも夏の白さを有して、庭園に植えられた紫と白の花々を照らしていた。甘酸っぱい花の香りが漂う。

「フリージスですね」

タギが呟く。アヤメとスイセンに似た、紫色の花。白のフリージスと一緒に花を咲かせている。

「紫のフリージスを見ると、いつもラウル殿下を思い出します」

「ふたりきりの時は兄上でいい。タギ」

先を行くラウルが振り向いた。

「はい。兄上」

第二王子の身分を剥奪されたといえども、ふたりだけの兄弟。

「十九歳の誕生日を迎えられることに、お喜び申し上げます」

ラウルが鼻を鳴らす。

「祝いの宴を喜ぶ歳ではなくなったがな」

「兄上」

「冗談だ」

表情を引き締めて、タギが頭を下げた。

「王族としての執務を増やしてしまい、申し訳ありません」

　タギが担ってきた王族としての役目は、すべてラウルに移行した。

「何。これくらいこなせなければ、国など治められないだろう」

「どうして陛下は、兄上を立太子されないのでしょうか」

　タギの言葉に、ラウルの唇の端が歪んだ。

「お前の周りでも話題に上がっているのか？」

「ええ。〈彩色の掟〉に従えば、王位継承権があるのは兄上だけ。もしかしたら、この生誕祭で王太子と指名するのか、と周囲では噂になっています」

「……〈彩色の掟〉か」

　ラウルは足元に咲く、フリージスを見た。紫。己の目の色。それは王族の証。

「王位継承者は、金の髪に紫の目を持つ者であること。……か」

　兄の言葉に、タギが頷く。

「山に囲まれたフルミアで、王位の争いを少なくするために定められた掟ですね」

「月神（クーナ）の彩色でもある。月の恩寵を受けた者の証だ」

　タギが頭を下げ、臣下の礼を取った。

「兄上に、永遠（えいえん）の月の恩寵があらんことを」

「お前もな、タギ。スミカは元気か？」

「はい。生誕祭の舞踏会で、お会いできることを楽しみにしていますよ」

「招待状は届いているようだな」

「ええ。毎日、ドレスと睨めっこです」

　幸せそうにタギが笑った。

「兄上は、好いたお方はいらっしゃらないのですか？」

　無邪気な言葉ほど、よく刺さる。

「オレはフルミアの第一王子だぞ」

　ラウルの眉間が険しくなる。

「好き嫌いで、伴侶を選べるわけがない」

「ですが……、シンバルのルリア第一王女は嫌いではないでしょう？　三年前のコーネス家の騒動でも、一緒にご尽力なされた」

　ふん、とラウルが鼻を鳴らす。

「協力したわけではない。双方、火消しに追われて利害が一致しただけだ」

「でも、文通は続いてらっしゃる」

　じっと、タギがラウルを見つめる。

「何だ。オレの相手の選定に、ずいぶんと熱心じゃないか」

「メリア第二王女が、兄上にベタ惚れだそうで」

　ラウルが顔をしかめた。

「あの、夢の世の住人か」

「その呼び方は褒められたものではありませんよ、兄上」

「夢見る無謀がよく言う」

「騎士物語は男の憧れです」

しれっとタギが言う。今も、〈白雪騎士物語〉を愛読しているのだろう。

「兄上の姿絵を見てから、ずっと追っかけだとか。メリア王女は熱意ある方ですね」

「熱意で国を治められるか」

ラウルが吐き捨てた。刻々と色を変える空を仰ぐ。

「──『雪のように潔白であろうと、非難からは免れない』」

「フルミアの……ことわざ、ですね」

タギの表情が曇った。兄が背負う、周囲からの期待と重圧を想像すると、胸が痛む。

「言いたいやつには、言いたいように、言わせておけばいい。熱意なんぞ持っていたら、現実に挫けてしまう」

その言葉は強がりではない。

ラウルの横顔には悲嘆も諦観もなく、ただ、役目を受け入れた者特有の透明さがあった。

「お前はオレが得られないものを持て、タギ」

立ち止まり、ラウルが弟を見た。

「王族の身分を剥奪されたといえども、フルミアの支えであることには変わりない」

ざっと、風が吹いた。

「期待しているぞ。統括官どの」

フリージスの甘酸っぱい香りとともに、タギは胸が絞めつけられる。

期待。

嬉しさと、後ろめたさ。自分だけ、己の意を押し通した。

「兄上――」

吹き渡る風に声がかき消される。紫と白のフリージスの花が揺れる。朱色が混じり始めた空を、瑠璃色の鳥が囀りながら飛んでいく。

向こうから、賑やかな声。

「大体、リット様は何でもかんでも、秘密にしすぎなんです！」

「そう言われてもなぁ。切り札は隠しておくものだぞ、トウリ」

「何枚、切り札を持っているんですか」

「賭けカードができるぐらい？」

「持ちすぎです！」

右手に革の手袋を着けたリットが、うるさそうに手を振った。

「薄々、気づいてはいただろう？」

「剣の腕は、からきしですね」

「羽根ペンより重いものは手にしないから」

「白々しいですよ。リット様」

そう侍従(トウリ)が言って、主人(リット)と同時に気づく。

「あ」

「あ」

「休憩か？　リット」

ラウルの言葉に、リットが目をそらした。

「ええ。まあ」

タギが小さく笑う。

「オレが命令した信書代筆は、どうした」

ラウルがリットを睨む。

「無論もちろん。書き上げましたよ。侍従のヤマセに預けましたよ」

「本当か」

「本当ですよ。ヤマセ本人に、聞いてみればいいでしょう」

黒髪の青年侍従が走ってやって来た。

「ラウル殿下！」

「ヤマセか。間が良いが――、何事だ」

ヤマセの焦りの表情に、ラウルが視線を尖らせる。

「申し上げます！　コルンの街を出発したルリア王女一行が、何者かに襲撃されました！」


夕闇の中、ジンは馬を走らせる。

スレイ騎士団から借り受けた黒鹿毛が、素晴らしい俊足で進む。コルンの街は、王都の目と鼻の先。

知らせを運んできた王女付きの騎士曰く。コルンの街を出て、しばらくすると野盗の一団に襲われたという。

「スレイ騎士団の役目は王都守護だから、キミが行きなよ。王城と近衛騎士団には至急使者を出す」という、レガートの厚意に甘え、誰よりも早くジンは出発した。「これは貸しだよ」という言葉は聞き流した。

「あれか」

十数の松明に、五つの焚き火。

街道の端にある大きな岩の近くで、野営の準備をしている一団が見えた。炎に照らされ、三台の馬車の豪華な金装飾がきらめく。

馬車に金で描かれているのは、〈太陽を支える二頭の一角獅子〉――金陽(シンバル)の国の王家の紋章。

「何者だ！」

馬のひづめの音で、護衛の騎士たちがジンに気づく。抜き身の長剣が、掲げられた松明にぎらりと光る。

手綱を引き、ジンは黒鹿毛を止めた。鞍から降りる。

「私は、近衛騎士団副団長のジン・ジキタリア！　一報を聞き、馳せ参じた！」

おお、と騎士たちからの口から声が漏れた。長剣を鞘へ収める。

「久しいな、ジンどの」

壮年の騎士の姿に、ジンの灰青(かいせい)の目が大きくなった。

「マエスどの！」

ジンとマエスが手を握り合う。

「昨年の親善試合ぶりか？」

マエスがマントを捌き、焚き火へとジンを案内する。他の騎士に黒鹿毛を託し、ジンが彼の後に続く。

「お元気そうで何より」

「この通り。元気で無傷だが……」

マエスが肩をすくめた。

「まさか、王都を目前にして襲撃されるとはな」

焚火の傍の折畳み椅子に、マエスが腰を下ろした。

「馬を走らせて疲れただろう。座りなさい。いま、葡萄酒を持って来させよう」

「いえ。その前に、王女様にご挨拶を」

立ったままのジンを、マエスは見上げる。

「ご無事なのですか」

「ああ。この襲撃では無事だ」

含みのあるマエスに、ジンが怪訝そうに眉を寄せた。

「あの馬車に──」

三台のうち、中央に止められた豪華な馬車へ、マエスが視線を投げる。

「侍女が乗っている」

その意を理解して、ジンが折畳み椅子に座った。声をひそめる。

「……ルリア王女は、いないのですか？」

「そうだ。我らよりひと足先に王都へ向かった」

「襲撃を警戒して？」

ジンの鋭い目に、マエスは臆することなく頷いた。

「野盗に襲われたと聞きましたが」

「ジンどのの言う通りだ。金持ちの一団が街道を通る、と事前に知っていた野盗だな」

「何者かが、野盗を使って襲わせたのですね」

一瞬、マエスが目をそらした。ジンが喰らいつく。

「心当たりがある、と」

「ふっ。その通りだ」

「マエスどの」

じっと自分を見つめる青年騎士に、マエスは息を吐いた。

「ルリア様がいなくなって、最も利があるのは……メリア王女だ」

「第二王女が、姉君を狙うのですか」

「女の嫉妬ほど怖いものはないぞ、ジンどの」

ジンが唸る。

「メリア王女は、ラウル様を好いていると聞いたことがありますが」

「ああ。ベタ惚れだ」

「ベタ惚れ……、ですか」

「恐ろしいほどにな」

マエスが眉を寄せた。

「ルリア様がいなければ、シンバルの王女はメリア様のみ。隣国同士の政略結婚は珍しいことではない」

「ですが……、それは……。ラウル殿下が承知しないと……」

ジンが言い淀む。その様子に、マエスが苦笑する。

「メリア王女は、独特の世界に生きるお方だ。夢や幻や妄想だろうとも、この世に存在する限り実現できると思っている」

「迷惑ですね」

一刀両断に言い切ったジンに、マエスは指で自分の眉間を揉んだ。

「そうはっきり言われると……、我が国の王女なのだが」

「申し訳ない、マエスどの。私は言葉を飾るのが苦手なのです」

「知っている」

マエスが頬を緩める。

「二度、剣を交えたことがあるからな。真っ直ぐな気質は相変わらずか」

「友には、真面目過ぎだと貶(けな)されます」

「ふっ。良い友を持っているな」

「はい」

そうやって他意なく頷くから真面目なのだと、マエスは胸中だけで呟く。口には出さない。

ぴくり、とジンの肩が揺れた。

おもむろに、折畳み椅子から立ち上がる。腰に吊った長剣の柄を握る。

「どうした」

「笛の音（ね）が、聴こえました」

「笛だと？」

闇の帳（とばり）が下りて、周囲は暗い。マエスが耳を澄ませても、薪の爆ぜる音と、馬の息遣いしか聞こえなかった。

「マエスどの」

ジンの真剣な声音に、一団を率いるマエスは危険を察した。立ち上がり、すぐさま騎士たちへ命令を飛ばす。野営の準備をしていた人々に、緊張が走る。騎士たちが松明を掲げ、鞘から剣を抜いた。

「何人だ？」

闇に目を凝らし、マエスが尋ねる。ジンは気配を探り、眉間に皺を刻む。

「二〇……、いや。三〇匹です」

「何？」

マエスに向かって、暗闇が飛び出してきた。

ジンが刃を閃かせる。ガキン、と長剣が牙を弾く。火花が散る。体を捻って着地する黒い獣。

「野犬か！」

マエスが身を引いた。黒い野犬も距離を取る。飛び掛かる機を窺っている。

ぐるるる、と唸り声が幾重にも重なって響く。ワオーン、と遠吠え。夜にこだまする。数が多い。

「火を燃やせ！　近づけさせるな！」

マエスの号令に騎士たちが松明を増やす。煌々と炎が夜闇を退ける。

それでも、野犬たちは襲い掛かってきた。

「くっ！」

マエスが一頭を切り伏せれば、別の野犬が左脛を噛む。薙ぐ刃で返り討ちにする。

ジンがひと振りで二頭倒し、駆け寄った。

「マエスどの！」

「心配ない！　厚革の長靴で助かった！」

マエスが長剣を振るう。避けられた。野犬がぐっと屈み込む。後ろ足で強く地面を蹴り、マエスの頭上高く跳躍して——ジンに斬り殺された。

ぼたぼたと、血の雨が降る。

「か、かたじけない」

「いえ。ご無事で何よりです。マエスどの」

松明に照らされ、ジンの瞳が爛々と輝く。光の加減か、灰青を通り越して銀色に見える。

「まだ、半分以上いますね」

ジンが走り出した。野犬の群れへ飛び込む。

一斉に、五頭が襲い掛かった。

鋭い爪と、よだれを散らす牙。

それらすべてを、容赦なくジンは斬り捨てる。

振るう刃が松明の炎を反射して、銀の弧を描く。斬り落とされた野犬の首が地面に転がる。どさりと胴体が落ちる。濃厚な血の臭い。獣たちの息遣い。興奮した馬の嘶き。ジンは長剣を振う。赫が散る。絶命する野犬の鳴き声。すぐに途切れた。

他の騎士たちは後ずさりした。野犬が怖いのではない。息をするように、命を屠る彼が恐ろしいのだ。

「臆するな！」

マエスの声に、騎士たちがびくりと震えた。

「松明を持て！　闇を切り払え！　ここが正念場だ！」

マエスが己の長剣を夜空に向けて掲げた。野犬の血に濡れながらも、眩い白銀の長剣——騎士の魂。

「ジンどのに続け！」

「お、おおおお！」

雄叫びが闇夜に轟く。じりり、と野犬たちが後ずさった。

マエスに率いられ、騎士たちが野犬に向かう。長剣と牙と爪がぶつかり合う。野犬が吠える。騎士が怒鳴る。マエスは頬をかすめた爪を、その野犬ごと叩き斬った。獣の躯がまたひとつ転がる。

それでも、息が上がってきた。

「マエスどの、下がってください！」

ジンがマエスの前に出た。飛び掛かる野犬を斬り払う。

「いや、しかし」

「指揮官である貴方が負傷したら困ります！　後方へ！」

ぐっ、とマエスは唇を噛んだ。ジンの言葉は正しい。

「すまん！　前は任せた」

個々にばらついていた騎士たちを、マエスは呼び寄せる。決してひとりで野犬に対峙させない。例外を除き、二人一組を作らせて野犬と戦う。

その例外が、暴れている。

隙を窺っていた野犬をジンが蹴り上げた。ぎゃいん、と吹き飛ぶ。大きく顎(あぎと)を開けた野犬の、喉奥まで長剣を貫き通す。手で野犬の耳を掴み、長剣を引き抜く。噴き出す血潮は気にしない。次の獲物を捕らえる。斬る。赫が散る。闇を染め上げる金臭さ。騎士の幾人かが吐き気を覚え、口を手で覆った。

　確実に、野犬の数は減っている。

　それでも、獣たちは攻撃をやめない。

　ジンが切り伏せた野犬の陰から、別の野犬が飛び出してきた。

「ジンどの！」

　マエスが叫ぶ。

　空気を切り裂いて、飛翔する。

「ぎゃん！」

　ジンを狙った野犬の目に、白羽の矢が突き刺さった。

「油断大敵。なんてな」

　松明の炎に、長い三つ編みが金色に見える。

「犬相手に苦戦しているようじゃないか。ジン」

「リット！」

　馬上からリットが短弓を構えていた。腰の矢袋から二本取り出し、続けざまに放つ。狙いは違わず、二頭の野犬が矢を受けて絶命した。

「トウリ、ヤマセ！」

「はい！」

トウリが答える。ヤマセの馬の後ろに乗ったまま、革袋の蓋を取った。

「しっかり掴まっていてください！」

ヤマセが一直線に馬を走らせた。野犬が驚き、飛び退く。

ジンと野犬たちの間を、ヤマセの馬が通り抜けた。トウリが撒いた液体が、一筋の川のように地面に流れる。

「離れていろよ！」

リットが叫び、火矢を放った。液体——油に引火する。

ごう、と炎が吠えた。

闇を切り裂き、野犬とジンたちの間に炎の壁が現れた。

膨大な熱に、さすがの野犬たちも尻尾を巻いて逃げ出す。わあ、と騎士たちが歓声を上げた。

リットが馬を進めた。自身の髪色に似た明るい鹿毛は、炎を恐れもしない。

「リット！　助かった」

ジンが駆け寄る。その灰色の髪が、赤黒く汚れている。

「ああ、ずいぶんと男前な姿になったな、ジン。その姿のままご令嬢に会ったら、相手は卒倒するぞ」

「お前がそっとしておいてくれたら、平気さ」

頬に飛んだ血を、ジンは手の甲で拭った。

「リット様」

「ご苦労、ヤマセ」

ヤマセが手綱を握る馬が戻ってくる。トウリがヤマセの背後から顔を覗かせた。

「リット様！　僕、やりましたよ！」

「ああ、曲芸見事だった」

「怒りますよ」

「冗談だって」

主従の軽口の応酬に、ジンとヤマセが笑う。

第5筆　厄介事を手土産に王城で会いましょう

朝一番の来客に、ラウルは盛大に顔をしかめた。

「これは、どういうことか」

王城のエントランスに現れたのは、青い目の賓客。傍らには女騎士が控えている。

他に、供はいない。

「御存じでしょう、ラウル様」

ドレス姿のルリアが微笑んだ。

「そういう訳で、ひと足先に来訪させていただきました」

「どういう訳だ」

ラウルが彼女を睨む。剣呑な紫の瞳に怯みもせず、ルリアは小首を傾げた。

「あの子が、ちょっかいを出してくると思いまして」

地を這うような、深い息がラウルの口から洩れた。

「……メリア王女か」

「ええ。シンバルを出発した時も、散々にだだ捏ねられましたよ。『お姉様だけラウル殿下に会うのはずるい』って。もう、何かしらの一報がお耳に届いているでしょう？」

「昨晩、王都の手前で襲撃されたと聞いた」

馬車も侍女も護衛も連れていないことから、導き出される答えは。

「……王都のどこに、いつから潜んでいたのか。紅茶でも飲みながら、話を聞かせてもらおうか」

「ええ。王都フルトは、楽しい街ですね。素敵なインク屋がありました」

「そうか。街巡りは楽しかったか」

しかめっ面のまま、ラウルが踵(きびす)を返す。彼の後にルリアたちが続く。

「腕の立つ騎士様も見かけましたよ。さすが、小国ながら独立を守るフルミアですね」

「一角の獅子に忠告しておこう」

淡々とラウルが言う。

「銀と白い黄金に手を出せば、鷲大狼(グリフィネール)に切り裂かれるぞ」

「あら怖い。ねぇ、シズナ。ラウル様が私(わたくし)を脅すわ」

「先に口を出したのは、ルリア様です。軽率ですよ」

「わかっています」

悪びれもせず、ルリアが笑みを深くした。困ったように、シズナが進言する。

「危ない橋をさらに揺らさないでください。わたしたち護衛の命がいくつあっても足りません」

「それはメリアに言ってね」

シズナとラウルのため息が重なった。

白嶺門の門番が、リットに手紙を渡す。

「殿下からです」

馬から降りたリットの表情が歪んだ。

「リット様。お顔に出ています」

トウリの忠告に、ヤマサが小さく噴き出す。失礼、と咳払いで誤魔化して、自分が乗っていた馬とリットの馬の手綱を引く。

「労いの言葉とかじゃないのか?」

ジンが黒鹿毛から降り、飛んで駆けつけた近衛騎士団の騎士へ預ける。

「お前は人が好過ぎるぞ、ジン。あの殿下の性格を考えてみろ。どーせ、また厄介事だ」

リットが封蝋を剥がし、洋紙を開いた。簡潔な一文。

——近衛騎士団副団長とともに、正装で紋章の間に来い。

「ほらみろ!」

ジンに向かって吠えた。

「お前も巻き込まれているぞ!」

びしり、とリットがジンへ指を向けた。

「人を指差すんじゃない」

革手袋（フィンガード）をしたリットの右手、その腕をジンが叩く。手を叩かないのは、宮廷書記官である友への配慮。短弓の弦から右手を守る革手袋（フィンガード）を着けていたとしても、彼の職命（しょくめい）を脅かすことはしたくない。

「うん？　ちょっと待て、リット」

「何だ」

リットの持つ手紙を、ジンは覗き込んだ。

「正装で、って書いてあるぞ」

「だから厄介事だ決定事項だ」

盛大にリットが嘆く。

「心当たりでもあるのか？」

ジンが首を傾げた。

「殿下の生誕祭当日まで、あと数日だぞ。近衛騎士団副団長どの」

リットの言葉に、ジンが頷く。

「ああ、そうなるな。一級宮廷書記官どの」

ジンが白銀門のほうの空を見た。爽やかな朝の空気に乗って、微かにざわめきが聴こえる。

「……王城の正門たる、白銀門が忙しそうだな」

裏口である白嶺門の門番へ話しかければ、長い槍を持つ青年門番は首肯した。

「はい。こちらは静かですが、やっぱり人の出入りは激しいですよ。白銀門のほうに、ラウル様の生誕祭を祝うため、王侯貴族の方々が到着していますから」

「ジン。お前、この距離で白銀門に誰が来たか、わかるか？」

リットが尋ねる。

「さすがに無理だな。到着を知らせるラッパの音しか聴こえん」

トウリが耳を澄ませ、不思議そうに首を捻った。リットが苦笑する。

「それでも十分だが」

「二、三組は到着したようだな」

「ふーん。早いな」

翠の目が眇められた。

「一番乗りは、誰かな？」

土埃を落として、リットは職位の正装に着替えた。

胸元に、白鷺の三枚羽をブローチで留める。ばさりとマントを捌き、トウリへと向き直る。

「どうだ」

「完璧です」

トウリが小さく拍手をした。

「普段から正装着用なら、執務にも励んでくださいますか？」

「やだよ。肩が凝る」

億劫そうに、リットが右肩を回す。

間が良く、私室の扉がノックされた。トウリが開ける。

「おっ、トウリ。お前も侍従の正装か。かっこいいぞ」

「ありがとうございます！　ジン様も素敵です」

ジンがはにかんだ。黒を基調とした制服に、銀の飾りがあしらわれている。

「このまま舞踏会に出られそうだな、友よ」

リットの言葉に、ジンが首を横に振った。

「肩が凝るから遠慮したいな、友よ」

「ふたりして同じことを言っていますね」

息ぴったり、とトウリが呟く。

「まるで、〈白雪騎士物語〉の主人公レオン騎士とエーヴォン王ですね！」

　トウリの瞳がきらきらと輝いている。

「だ、そうだぞ。エーヴォン王」

「トウリの戯言に乗るんじゃない、ジン。この流れだと、お前が白雪騎士であるレオンだぞ。主人公だぞ」

「それは、ちょっと恥ずかしいな」

　ジンが指で頬を掻く。

「レオン騎士のモデルって、いるのですかね？」

　トウリの疑問に、リットは首を傾げた。

「仮に似ているとしたら、やっぱり近衛騎士団副団長どのだろ」

「おれか？」

　目を丸くして、ジンが自分を指差す。

「というか。正々堂々、王道の騎士を書いたら、そいつが実在したっていうオチだな」

「ふーん。そうかもしれませんね」

　トウリが疑いの眼差しを主人に向ける。

「真相は闇の中のほうがいい。『光るもの、すべて銀ならず』だ」

「またそうやって、リット様は煙に巻く」

　不服そうに、トウリが唇を尖らせた。

「まあ、トウリ。現実は現実、物語は物語だ」

ジンがトウリの頭を撫でる。

「早く新刊が出るといいな」

「はい！」

笑顔になった侍従に、けっ、と主人が不貞腐れた。

「リット様！　万が一、億が一、あなた様が失脚なさったら。僕に近衛騎士団への推薦状を書いてくださいね！」

「失脚する前に失踪するから無理だな」

「地の果てでも追いかけますよ」

「馬に乗れないくせに」

「今、それ言いますか！」

主従の茶番を、微笑ましげにジンが見守る。

「やっと、来たか」

紋章の間で、椅子に座ったラウルが呟いた。

リットとジンが顔を見合わせる。

「ご命令により参上いたしましたが……、何やら疲れてません？　殿下」

挨拶と礼をすっ飛ばして、リットが口を開いた。

「祝いの口上を散々に聞いていたからな。疲れて当然だ」

ラウルが肘掛けに頬杖をつく。

「ああ、襲撃の一件ご苦労。ルリア王女は無事だったな」

リットは顔をしかめ、ジンは頭を垂れた。

「さすが、聡明と名高いルリア王女です」

ジンが言う。

「ひと足先に王城へと向かっていたとは。襲撃者の目も誤魔化せました」

「その襲撃者の特定を、近衛騎士団に命じる」

「はっ」

第一王子の命令に、ジンが拳を胸に当てる騎士礼を取った。

「親善試合の前に、仕事が増えてやんの。やーい」

リットの冷やかしに、ジンが睨んだ。

「……畏れ多くもラウル殿下の御前だぞ、一級宮廷書記官どの」

「これくらいで怒るなよ、近衛騎士団副団長どの。余裕がないな？」

「あってたまるか。隣国の第一王女が、フルミアで襲撃されたのだぞ？　もし、ルリア王女の身に何かあったら。シンバルとの関係が悪くなるのは明白だ」

「残念だな、ジン。天と地の間には、国と国との思惑を超える思慕がある」

「何？」

ジンが眉をひそめた。

「どういうことだ、リット」

「そういうことですよね。ラウル殿下」

翠の瞳がラウルを射る。

「直接、本人から訊けばいい」

ラウルが青年侍従の姿を確認した。扉の脇に立ったヤマセが頷き返す。

「入れ」

ヤマセが扉を開ける。

「――シンバルの第一王女、ルリア様。側近、シズナ様のお見えです」

青い洋扇を片手に、ドレス姿のルリアが美しい令嬢礼儀をした。拳を胸に当て、シズナが頭を垂れる。

ジンの目が見開かれた。

「あ！」

壁際で控えていたトウリが声を上げ、慌てて自分の口を手で塞ぐ。

「何だ、トウリ？」

リットの言葉に、首を横に振った。

「いえ！　失礼いたしました！」

「ふふ。インク屋と、街中でお会いしましたね」

ルリアが青の目を細めた。

ひと通りの出来事をルリアから聞き、ラウルがため息をつく。

「あら、ラウル様。シンバルでは、ため息をつくと幸せが逃げると言われておりますよ」

「だったら、ため息をつかせるな」

椅子に座るルリアを、ラウルが睨みつけた。

「そう仰られても。私（わたくし）も困っておりまして」

襲撃された当事者とは思えないほど、のほほんとルリアは微笑む。傍らに控えるシズナが、
肩をすくめた。

「リットとジンの話と合わせると、すべて第二王女の仕業で間違いないな？」

ラウルの言葉に、リットの口元が微かに歪んだ。

「何か思うところがあるのか。リット」

目ざとく、ラウルが気づいた。

「言え。言わなければ、斬るぞ」

「うっわ。こわ」

リットの軽口にジンが顔を曇らせる。肘で突く。

「ラウル殿下が斬首を命じる前に話せ。おれは友の血で汚れたくない」

「ジン。お前も十分に怖いことを言う」

降参とばかりに、リットが両手を胸の位置に挙げた。

「一件がすべて、夢の世の住人サマの仕業なら。ただの宮廷書記官の私は、もう部外者でありませんか?」

わざとらしく、リットが首を捻る。

「襲撃の報告は済ませましたし、もう下がっても?」

「まだ、お前に用がある。リトラルド・リトン・ヴァーチャス」

無遠慮に王前名(おうぜんめい)を呼ばれ、ひくりとリットの口の端が引き攣った。

獲物をなぶるように、ラウルが嗤う。

「ルリア王女はな、〈白雪騎士物語〉の愛読者なのだそうだ」

「えーと。それが……、何か?」

リットが愛想笑いを浮かべる。ジンとトウリが目を見合わせた。

「ルリア王女。この者が正体不明の物書き、トリット・リュート卿の――」

ラウルの言葉に、ジンとトウリが驚愕する。

「原稿運びだ」

「……仕返しにしては、辛辣ですね。ラウル第一王子殿下様」

「敬語を重ね誤るほどに、堪えたか？」

紫の瞳がリットを見つめる。

「一級宮廷書記官、兼、宮廷書記官長補佐」

「一矢報いられました」

リットが深くため息をつく。

「ああ、幸せが。リット様」

ルリアの言葉に、リットは首を横に振った。茶髪の三つ編みが尾のように揺れる。

「ルリア王女。呼び捨てで構いません」

「ですが。あのトリト・リュート卿の原稿を手にされる方なのでしょう？　羨ましいわ！　書籍商から進められて〈白雪騎士物語〉や〈花の名は〉や〈世界の果てで真実を誓う〉を読みました！」

ははは、と乾いた笑いをリットは返す。

「ご本人には、お会いするのですか？」

「いえ、ルリア王女。原稿が送られて来るので、私が誤字や脱字がないかどうか……確認をするのです。そうして、城下の職人に原稿を渡し、本にしてもらいます」

トウリが生温かい視線を主人に投げた。

ふん、とラウルが鼻を鳴らす。

「それで、近衛騎士団副団長」

「はっ」

ジンが畏まる。

「今回の親善試合の相手が決まった」

「はい。どなたでしょう」

「そこにいる」

ジンとシズナの目が合った。

かつん、とシズナが靴の踵を響かせる。

「シンバル王国、第一王女ルリア様付き騎士シズナ・レイトリアと申します」

「フルミア王国、近衛騎士団副団長のジン・ジキタリアだ。よろしく頼む」

ルリアとトウリが、恍惚とした息をつく。

「かっこいいわ……」

「かっこいいです。騎士同士の名乗り……」

ふむ、とリットが口元に手を当てた。

「賭けネタができたな。宮廷書記官と、近衛騎士団の連中に話を投げてみよう」

「リット様。夢を金（かね）にしないでください」

トウリが目を据わらせる。

「はっはっは。『光るもの、すべて銀ならず』だぞ、トウリ」

「よくわかりませんが、後でジン様に殴ってもらいます」

「わかった。右手だな」

ジンが拳を握った。

「待て待て。王族方々の御前だぞ！」

リットの言葉にジンが頷く。

「ああ。後で覚えていろよ」

「それはお前が言う台詞（セリフ）ではない！」

リットの焦りの声が、紋章の間に響いた。

第6筆　黄昏ため息

──書けない。

ペン先が動かない。
白紙に向かい、どれくらいか。

書けない。

これほど苦しいとは思わなかった。
これほどできないとは思わなかった。

応援されて、嬉しかった。
でも、現実は厳しい。

何枚も何枚も何枚も、紙の枚数を重ねた。

一向に、満足できるものはできない。

もう、やめてしまおうか。

ちらりと、そんな考えが脳裏に浮かぶ。


書けない。

その苦しさを、初めて知った。


ルーリリリ、と囀りが聴こえた。

大部屋の窓の向こう、茜色に染まり始めた世界で、瑠璃色の鳥が飛んでくる。

ルーリリリ。

巣で卵を温めている親鳥が応える。飛び立った。オオルリの二羽が梢（こずえ）に留まる。

ミズハは羽根ペンを置いた。代わりに誰かのオペラグラスを手に取る。巣を見れば、白い卵がふたつ。目の開かない雛が二羽。

――オオルリは一日一個、卵を産む。だから、一個ずつ孵（かえ）るよ。

セイザン宮廷書記官長の声が、耳によみがえる。

――最後の卵が孵った日に、昇級試験を行おう。

白い卵はあとふたつ。あと二日。

花と、蔦と、獅子と、鹿の飾り文字は、なんとか書けるようにはなった。あとは回数を重ねて、滑らかに書けるよう練習するだけだ。

けれども。

唯一、翼のある鳥の飾り文字が、書けない。

手本は手元にある。図書室で、歴代の宮廷書記官たちの鳥も見た。翼を広げたもの、枝に二羽留まったもの、囀るもの、羽繕いするもの。文字を身に宿した鳥たちが、美しく洋紙を飾っていた。

リットの鳥も見つけた。

勇猛な白鷲。

王令の清書だから、鳥の王たる白鷲を選んだのだろう。

鋭い鉤爪で最初の文字を掴んでいた。

広げた両翼は、羽根の一本一本がリアルな質感を持っている。風にはらむ風切羽根。飛び立つ前の、力強い一瞬。その羽ばたき。

ため息が出た。

圧倒的な美しさ。

圧倒的な技術。

リットの白鷺を手本に、などとは思えない。

飾り文字を超えて、もはや絵画だ。

チリリリ、とオオルリが鳴く。

チリ、チリリリ！

切羽詰まった声に、ミズハは驚いた。親鳥たちが騒いでいる。何があったのか。

さっと、黒い影が茜色の空を横切った。

黒い翼。暗褐色の胴には白い斑紋が散っている。

ホシガラスだ。

オオルリたちが騒ぐ。ホシガラスが巣の近くの枝に留まった。

——卵と雛を狙っている。

くっく、と首を動かして巣の中の様子を窺っている。雛はまだ目が開いていない。成す術はない。

もし、雛と卵が食べられてしまったら。

仄暗い考えに、ミズハはぶるりと身を震わせる。

試験の日が延びるかもしれない。

設定された期日は、オオルリの卵が孵るまで。卵はまだふたつある。

チリリリ！

二羽の親鳥たちがホシガラスに向かっていった。鳴き声と羽ばたきで警告をする。ホシガラスはオオルリの二倍の大きさ。それでも、オオルリはひるむことなく立ち向かっていく。必死で、雛と卵を守っている。

ズキリ、と胸が痛んだ。

ホシガラスが飛び立つ。巣がある梢に留まる。巣の中の二羽の雛は、危険を察知してか、ぴくりとも動かない。

チリ、ルリリ！

親鳥が鳴き喚く。そのうち一羽が巣に舞い降りた。雛と卵を、自分の腹の下に隠す。

チリリリ！

雄だろうか。ホシガラスの周囲を執拗に飛び回り、時折、翼の先で叩く。ホシガラスはうるさそうに首を振った。

ばさり、と黒い翼を広げる。

「あ！」

ミズハは思わず席から立ち、大窓に張り付いた。

ホシガラスが飛び――オオルリの巣から離れていく。

チリリリ！

雄はしばらく追いかけていたが、やがて巣に戻ってきた。巣を守る雌とくちばしを擦りつけ合う。

「よかった……」

零れ落ちた言葉に、ミズハは愕然となった。

卵が襲われればいいと思った自分が、ひどく浅ましく思えた。

ルーリリリ、と親鳥が囀っている。美しいその鳴き声に、唇を噛む。

オオルリは命を懸けて戦った。

自分は、どうか。

視線を落とす。ペンだこのある手、インクが入り込んだ爪。汚れていても、汚い手だと思ったことは一度もない。胸に抱いた雉の一枚羽根が誇り。

顔を上げる。

夕陽が朱金色に世界を染め上げる。一日が終わる。

オオルリが鳴く。

じんわりと、腹の底が熱くなった。

美しいだけではない、オオルリの強さ。

ミズハは振り向いた。机上の洋紙と羽根ペン。

書ける、と思った。

第7筆　親善試合

生誕祭当日。

近衛騎士団の訓練場に、王侯貴族たちが集まっている。

親善試合に出場する騎士たちに期待を寄せ、賑やかに喋る。

剣を交えていた片方の騎士が押し負け、地面に膝をついた。

「それまで！」

審判役のレガートが声を上げた。ふたりの騎士が距離を取り、互いに礼をする。

「さすが、フルミアの騎士ですね。お強い」

ルリアが貴賓席に座るラウルへ声を掛けた。

「冬が厳しいフルミアでは、熊や狼も相手にしなければならないからな」

「まあ。聞きまして、マエス」

マエスが眉を寄せる。

「私は熊を相手にしたことはないですね。野犬ならありますが」

「ほう」

ラウルが声を漏らす。

「野犬は群れるからな。苦労しただろう」

「ええ。とても」

訓練場に騎士たちが現れた。歓声が沸く。

「リット様！　やっとジン様の出番です！」

階段状の観客席から身を乗り出して、トウリが指差した。革の防具を身に着けたジンが、訓練場の中央でシズナと対峙する。

リットが座ったまま、足を組みかえた。

「宮廷書記官たちも、近衛騎士団たちも。全員ジン派だったから賭けにならん」

つまらなそうに、あくびをする。

「双方、礼」

レガートの言葉に、ジンとシズナが一礼をする。顔を上げれば、ぴりっと空気が張り詰めた。

ジンとシズナが剣を構える。

「始め！」

駆け出したのは、シズナだった。

振り下ろされた刃を、ジンは長剣を横にして受ける。力で弾き、長剣を薙ぐ。シズナが飛び退く。避ける。ジンが踏み込む。シズナがその剣戟を受ける。重い。至近距離で灰青(かいせい)と目が合う。ぞっと、背筋が凍りついた。

彼の瞳には、何の感情も浮かんでいない。

気負いも、攻撃性も。恐れも、計略も。

ただ当然のごとく、長剣を振るっている。

今まで感じたことのない悪寒に、シズナは距離を取った。息を整える。

――剣の鷲大狼（グリフィネール）。

その名は聞いていた。

例年なら、親善試合と生誕祭は、夏の離宮で行われる。近衛騎士団副団長として、王城守護で残っていたジンとは、今まで会うことはなかった。

それでも、街中の襲撃で、彼の戦いを見た。

容赦なく振るわれる刃に、慈悲などなく。普段の温厚さとは一線を画す。ただ淡々と、そうであるかのように男たちを斬り倒した。

シズナは思う。ジンにとって血に濡れることは、日常なのだろう。

ジンが駆け出し、距離を詰めた。耳障りな高音。刃が交わる。

力では押し負けるので、シズナは長剣を滑らせた。力を逃がす。一瞬できた隙に、斬り返した。

防がれた。

シズナは唇を噛む。剣技はジンのほうが上。刃を交えて痛感した。

再び距離を取って、審判役を見る。もう、頃合いだろう。

シズナの視線に気づいたレガートが、微笑んだ。口を開かない。

続行。

ふざけるな、とシズナは零す。小声でも、ジンの柳眉が跳ねた。

フルミアとシンバルの王族が観ている場で、無様に負けてしまったら。剣しか取り柄のない自分に価値などない。

気を奮い立たせる。

一撃だけでも、剣の鷲大狼(グリフィネール)に喰らわせたい。

長剣を振るう。ジンに弾かれる。立て直し、横に薙ぐ。高く跳躍して避けられた。その反射と身体能力に、シズナは目を丸くした。

着地と同時。ジンの切っ先がシズナの喉を狙う——前に。

「それまで！」

ラウルが立ち上がった。ジンの動きが止まる。

「見事な剣技だった。双方、異論は？」

あるわけがない。

「……ありません」

ジンが剣を収めた。ラウルのいる貴賓席に頭(こうべ)を垂れる。ほっと息をつき、シズナもジンに倣う。

拍手と歓声が沸いた。

「よう、お疲れ」

訓練場の半地下にある、控えの間にリットが現れた。

「お疲れ様です。ジン様、シズナ様！」

トウリが水の入ったコップを手渡す。ふたりが礼を言って受け取った。

「おふたりともかっこよかったです！　こう、グオッときてガッと防いで――」

熱の入ったトウリの感想に、シズナが苦笑した。

「ありがとう」

疲れたように、ひとつに結った髪を背に払う。

「でも……、剣の鷲大狼（グリフィネール）には歯が立たなかった」

シズナの表情が沈む。トウリが首を傾げる。

「ええと、良い試合でしたよ？　引分けですよね？」

トウリがリットを見た。見上げる視線に、リットは口元を歪める。

「政治的にはな」

「っ」

シズナが唇を噛んだ。

「で、剣の鷲大狼（グリフィネール）としては、どうだったんだ？」

「その呼ばれ方は好きじゃない」

ジンがコップを小卓に置き、リットを睨む。

「お前、わざとやっているだろう」

「まーね。たまには我が友をからかってやろうと思って。賭けにならなかったし」

「リット様。それは、八つ当たりでは？」

トウリがため息をついた。シズナから空のコップを受け取る。

「八つ当たりは結構だけど。ジンどのをからかうのは僕の役目だよ」

石造りの階段を、レガートが下ってくる。

「ふたりとも、お疲れ。良い試合だったよ」

「皮肉か」

「皮肉ですか」

ジンとシズナの声が揃う。リットが肩をすくめた。

「レガートどのは、何やら我が友と、シズナどのに突っかかりますねぇ」

「悪いかい？」

レガートが微笑む。緑と翠の視線がぶつかる。

「……ふたりの騎士から首チョンパされないよう、お気をつけて」

リットの言葉に、わざとらしくレガートが目を見張る。

「僕も帯剣する騎士だけど」

「ああ、そうでした。審判役が苦手なスレイ騎士団副団長どの」

「くくくっ。さすが一級宮廷書記官どの。言葉(ワード)が長剣(ソード)だ」

きょとんとした表情で、トウリが言う。

「レガート様はスレイ騎士団副団長なのに、剣の試合の審判役が苦手なのですか？」

くくく、とレガートが喉を鳴らす。

「侍従君は正直者だね」

「ありがとうございます！」

トウリの頭をリットが軽く叩いた。

「いた！　何するんですか！」

「首チョンパされたくなかったら、黙っていろ。トウリ」

リットの真剣な目に、トウリは口を手で押さえた。

「ウチの侍従が失礼を。まだ年若ですから、ご容赦ください」

リットの謝罪に、別に、とレガートは返す。

「気にしていないよ。もっと辛辣な言葉を浴びる予定だから」

レガートが彼女を見た。

「ねぇ、シズナどの？」

「王都守護を担うスレイ騎士団の副団長は、素敵な性格をしてらっしゃいますね」

「お褒めにあずかり光栄だね」

レガートは微笑んでいる。が、その緑の目は一切笑っていない。

「レガートどの」

ジンの強い声音に、レガートが振り向く。

「何だい？」

「騎士としての振る舞いを、お忘れか」

ぴくり、とレガートの眉が跳ねた。

「どういう意味だい？　ジンどの」

微笑みと一致しない、レガートの冷たい声に、トウリは息を呑んだ。

ジンの灰青（かいせい）の瞳が、真っ直ぐにレガートを捉える。

「剣を交える以外でやり返すのは、騎士として恥ずべきだ」

「へぇ、面白いね。キミはシンバルの肩を持つんだ？」

シズナが眉間に皺を寄せた。

「……レガートどのは、我が国に対して、何か思うところがあるのか」

「ただの八つ当たりだよ。コーネス家の名に聞き覚えはあるかい？」

シズナの目が驚きに大きくなった。

「それは……」

「ああ、そういえば名乗りがまだだったね」

レガートの唇が弧を描く。

「僕はレガート・コーネス。お見知りおきを」

慇懃無礼に、レガートが拳を胸に当てた。正式な騎士礼に、シズナの顔が歪んだ。

「……あの一件は、すでに片が付いています」

「そうだね」

あっさりとレガートが頷く。

「わかっているよ。今更、波風立てるつもりはない」

満面の笑みで言う。

「だから、ただの八つ当たりさ。かわいいものだろう？」

「親善試合の通例を無視することが、ですか？」

発言したリットに、全員の視線が集まる。

「ヒラの騎士はともかく。役付きの騎士同士の試合は、頃合いを見て引分けにするのが、親善試合の通例」

リットが目を眇めた。

「スレイ騎士団副団長どのが、知らない訳がない」

「うん。もちろん知っているよ」

悪びれもせず、レガートが首肯した。

「フルミアとシンバルの王族方々の前で、雌雄を決してしまったら」

リットの言葉をレガートが引き継ぐ。

「試合の敗者は居たたまれないだろうね。国の面子を背負った親善試合だから」

びくりとシズナの肩が震えた。

くくく、とレガートが喉で嗤う。

「よかったね、シズナどの。ラウル殿下に助けられて」

「あなたという人は……」

シズナの琥珀色の目が鋭くなる。腰に吊った長剣の柄を握る。

「落ち着いてください、シズナどの」

ジンが彼女の長剣の柄を手で押さえた。

「レガートどの。八つ当たりの域を超えていますよ。挑発ですよ」

ジンがレガートを睨む。

「残念だなぁ」

レガートがため息をついた。

「これで斬り掛かってきてくれたら。正当防衛が成り立つのに」

「やっすい挑発ですねぇ」

場違いなまでに軽い声音。

リットが指で頬を搔く。

「スレイ騎士団副団長どのは、シンバルに喧嘩を売りたいのですか?」

「さあ、どうだろうね」

惚(とぼ)けるレガートに、リットが表情を消す。静かな威圧を放つ主人に、トウリは唾を飲み込む。

「忠告ですよ、スレイ騎士団副団長どの。言葉(ワード)が長剣(ソード)になっています」

「くくく、そうだね」

レガートが面白そうに笑う。

「そのつもりだからね」

「レガート!」

ジンが叫んだ。灰青(かいせい)の目には怒りが宿っている。

「心配ないよ。ぎりぎりの線(ライン)さ。ジンどのは知らないかもしれないけれど、これぐらいの応酬は舞踏会では珍しくないよ」

ねぇ? と話を振られたリットは答えない。

「何だ。つれないなぁ、リットどのは」

「スレイ騎士団副団長どの。ペンは剣より強し、です。お気をつけて」

「ご忠告ありがとう。今夜の舞踏会は大人しくしているよ」

ああ、とレガートが気づく。

「シズナどのも舞踏会に出席するよね」

「……ええ」

固い表情で、シズナが頷く。ちら、とジンを見た。ジンが彼女の長剣を押さえていた手を放す。

「じゃあ、今回のお詫びだ。一曲、僕の相手をしてくれないかい？」

「いえ。私は騎士として参加するので」

「ドレスではない？」

「はい」

ふーん、とつまらなそうにレガートが鼻を鳴らした。

「なぁんだ」

薄い笑みを浮かべて、レガートがシズナに近づく。

耳元でささやく。

「騎士姿よりも、髪を解(ほど)いてドレスを着ていたほうがいいんじゃない？」

かっと、シズナの頬が羞恥に赤く染まった。

「レガート。斬るぞ」

ジンが長剣の柄を握った。

「冗談だよ。剣の鷲大狼(グリフィネール)は怖いね」

「ジンどの。助太刀は無用です」

静かに彼女が言った。すらりと長剣を抜く。

レガートの唇が吊り上がった。

「シズナどの！　落ち着いてくだ――」

「大丈夫です」

ジンの声をシズナが遮る。

「レガートどのを斬るつもりはない」

シズナの琥珀色の目がレガートを捉える。

「しかし。これで黙っていては、騎士の名が廃(すた)る！」

シズナが自分の髪を掴み、片手で長剣を閃かせ――。

ざくっ、と音が響いた。

レガートが目を見張る。

ぼたぼたと、赫い血が床に落ちる。

シズナの刃を、ジンが手で握っていた。

「駄目だ、シズナどの！」

　ジンが叫ぶ。

「髪は女性の命だ！」

「だから切り捨てる！」

　シズナが強く言い返す。

「私は騎士だ！　令嬢ではない！」

「それでも！」

　ジンが手に力を込める。

「自分が自分を否定するな！」

　控えの間にジンの声が響いた。

第8筆　言葉は時に、虚ろに香る

わあああ、と民衆から歓声が上がる。

祝いの花びら舞う中、ラウルが大バルコニーに姿を見せた。

金髪に銀の髪飾り、青のマントを纏ったラウルが手を振ると、歓声は一層大きくなる。例え手を振るラウルが無表情でも、第一王子の姿をひと目見ることができ、感極まった少女ご令嬢たちがバタバタと気絶した。

「……疲れる」

大バルコニーから室内に引っ込み、ラウルが呟く。バルコニーの向こうからは、まだ民衆の祝福の声が聞こえる。

「お役目、お疲れ様です」

ヤマセが苦笑した。

「次は陛下へのご挨拶です」

「ああ。玉座の間か」

足早にラウルは玉座の間へ向かう。衛兵とすれ違う度に、頭を下げられる。普段なら気にしないその敬畏(けいい)が、何故か神経に障る。

緊張しているのかもしれない。

そういえば、独りになって初めての生誕祭だ。

「どうされましたか？　ラウル殿下」

足を止め、背後を振り返ったラウルにヤマセが声を掛けた。ラウルの視線の先、王城の長い廊下が続いている。

「いや……、何でもない」

背中に誰もいない。

兄上、と呼ぶ声が聞こえない。

——ああそうか。あれは王族ではなくなったのだ。

重く冷たいものが腹の底に広がる。

もう、式典で横に並ぶことはない。

重苦しい式典が苦手なくせに、民衆の前に出ると、弾けるような眩しい笑顔を見せた。民衆へ手を振り過ぎて、気安い王族がどこにいますか、と後で侍従長に小言を言われていたのを知っている。

「行きましょう、ラウル殿下。陛下がお待ちです」

「ああ」

ラウルが歩を進めた。気を途切れさせるには、まだ早い。

父王に挨拶をして、その後はフルミア貴族の挨拶を受ける。他国の王侯貴族からの挨拶は午前中に済んでいる。

挨拶、挨拶、挨拶。

「挨拶が何だ。ただの上辺(うわべ)だ」

小さく、第一王子は呟いた。

「――そんなことが、あったのね」

椅子に座ったルリアがため息をつく。

「はい」

訓練場の控えの間での一件をルリアに報告し、シズナは立ったまま俯いた。

王城で宛がわれた部屋は、他国よりも格上。銀月(ぎんげつ)の間。大きく採られた窓からは、紫と白のフリージスが咲く庭が見下ろせる。差し込む午後の陽光に、三日月が描かれた装飾掛布(タペストリー)の銀糸が光る。シズナの足元、敷かれた絨毯は藍色に染められ、フリージスの花が刺繍されていた。

その花を、俯いたままシズナは胸の内で数える。

ルリアのため息が再び聞こえた。

「コーネス家の御子息が、王都守護のスレイ騎士団副団長になっていたとはね。夏の離宮には来なかったから、知らなかったわ。シズナが言うように、素敵な性格の方のようね」

「ええ」

「それに、剣の腕だけではなく、口も達者のようね。確かに、権謀術策が躍る舞踏会では、見逃されるぎりぎりの線の皮肉ね」

シズナが悔しさに唇を噛む。言葉という長剣の前に、何もできなかった。

「気にしては駄目よ、シズナ」

静かな、それでいて強い主人の声に、シズナは顔を上げた。ルリアの青と目が合う。

「あなたが、いつまでもウジウジしていたら。助けてくれたジンどのに、申し訳ないわ」

「……はい」

剣の鷲大狼。彼の灰青の目が、脳裏から離れない。

「私も、騎士のシズナが好きよ」

ふふふ、と微笑むルリアに、シズナは目頭が熱くなった。

――必要とされている。

己が。騎士としての自分が。

たとえ剣の腕で、彼に勝てなくとも。知らぬところで醜態をさらしてしまっても。ルリアは許してくれる。

必要としてくれる。

シズナは拳を胸に当てた。正式な騎士礼。

「我が剣は、あなた様の牙。我が身は、あなた様の盾。光り輝く栄光があらんことを」

金陽の国の第一王女へ、頭を垂れた。

ルリアが頷く。

差し込む金の陽がふたりを包む。窓の向こう、瑠璃色の鳥が囀りながら飛んでいく。

コンコン、と扉がノックされた。

「はい」

シズナが扉を開ける。侍従が会釈をし、手紙を差し出す。

「シンバルの第一王女様宛です」

「……どなただろう」

手紙を受け取ったシズナは扉を閉め、手紙の封筒をまじまじと見る。ルリア・ランクルース・シンバル王女様、と正式名が書かれている。封筒を裏返せば、獅子の飾り文字。

シズナの眉間に皺が寄った。

「シズナ。かわいいお顔が台無しよ」

「ルリア様。お心当たりは？」

手紙を渡す。獅子の飾り文字を見て、ルリアは頷いた。

「ああ、大丈夫よ。あの子からだわ」

ルリアが封蝋を開け、中の手紙を取り出す。

「あの方から手紙とは。嫌な予感がしますが……」

「ふふ。そう言わないの」

折り畳まれていた洋紙を開く。

ふわっと、甘い香りが漂う。

「あら、珍しい。香り付きの、洋紙……なん、て……」

「ルリア様！」

手紙が絨毯の上に落ちる。ルリアの体が傾ぐ。慌ててシズナが抱きかかえた。

「ルリア様！」

耳元で叫んでも、ルリアは目を閉じてぴくりとも動かない。シズナはルリアの胸に耳を当てた。とくとくと、鼓動の音。すうすうと、安らかな呼吸。

「眠っている……？」

微かな甘い香りに、くらりと視界が揺れた。絨毯の上の白い手紙。

「まさか――」

シズナは自身の頬を強く叩いた。痛みで意識が覚醒する。

「誰か！　誰かいないか！」

シズナの声に、バタバタと続きの間から足音。乱暴に扉が開かれた。

「どうかしたのか、シズナ！」

「マエスどの！」

意識を失っているルリアの姿に、マエスが息を呑む。

「至急、医薬師を！」

シズナが叫ぶ。

「手紙に眠り薬が仕込まれています！」


「ラウルよ」

玉座の間に、王の声が響く。

「齢一九になったことを、余は嬉しく思う」

「有り難き御言葉。光栄でございます」

ラウルが頭を下げた。ふむ、と王が頷く。

「王家の〈彩色の掟〉に従えば、王位継承者はお前ひとりとなった。周囲はうるさくないか？」

「陛下のお耳に届く程度には」

「誰ぞ、好いた令嬢はおらぬか」

「は？」

父王には珍しい話題の切り出し方に、ラウルは目を丸くした。

「フィルバード家をはじめ、王侯貴族たちは第一王子の伴侶について関心がある」

王の言葉に、ラウルはぎこちなく頷いた。何を今更、という気持ちが強い。

「誰ぞ、好いた令嬢はおらぬか」

王が繰り返す。

「……畏れながら。好き嫌いの感情論で決まる事柄ではありませぬ」

「模範的な答えだな。ラウル」

じっ、と王の紫の目がラウルを捉えた。王族の証、月神（クーナ）の恩寵を受けた彩色は、鋭い光を宿している。

「ラウルよ」

「はい」

ふたりだけの玉座の間に、王の声が響く。

「王の道は、華やかで栄光に満ち溢れてはいない。暗く、冷たく、孤独である」

ラウルは真っ直ぐに父王を見返す。

「我が言葉（ワード）は長剣（ソード）であり、人を守ることもあれば、首を刎ねることもある。すべては、この銀雪の国(フルミア)に平穏をもたらすため」

静かで重い王の声に、ラウルは目を伏せた。

――覚悟はできている。

「だが、本当にそうか？」

驚き、ラウルは顔を上げた。心を読まれたかと思った。

「王は国のためにある。国は民のためにある。では、民は何のためにある？」

「それは……王のため、ではないことは確かです」

王が唇を歪める。

「遍(あまね)く国々で、王に投げ掛けられる問いぞ。お前はまだ、答えを見出してはいないようだ」

ラウルは言葉に詰まった。その通りだった。

王は言う。

「王座に就けば、わかることでもない。探し、迷い、打ちひしがれたその先に存在する」

「陛下は……、答えを見つけられたのですか？」

訊ねる第一王子に、王は目を細めた。

「失礼いたします！」

玉座の間に、ヤマセが血相を変えて飛び込んできた。

「いかがした」

王が怪訝そうに眉を寄せる。

肩で息をするヤマセが、唾を飲み込んでから叫んだ。

「ルリア王女様が――！」


「深く眠っている、と？」

ラウルの言葉に、年老いた宮廷医薬師長が頷いた。

「側近の騎士どのが言うように、手紙に眠り薬が仕込まれておりました」

「気付け薬はないのか」

医薬師長が首を横に振った。

「王城のすべて試しました。が、この通りでございます」

寝台にルリアが横たわっている。目を閉じ、死んだように眠っている。

「問題の手紙はどこだ」

「こちらです」

シズナが案内する。開け放たれた窓の下、小卓に文箱がひとつある。ラウルが蓋に手を掛けようとすると、シズナが静止した。

「お待ちくださいラウル殿下。危険です」

「――わかっている」

鋭く険しい紫の目に、シズナは気圧（けお）される。

「遅くなりました！」

右手に包帯を巻いたジンが、リットを連れて現れた。リットの姿を見たラウルは、顔をしかめる。

「おい。何のつもりだ、リット」

「見舞いの花ではないですよ」

両手一杯に、リットは紫のフリージスの束を持っていた。後ろに従うトウリも白いフリージスの束を抱えている。

甘酸っぱい香りが、部屋中に満ちた。

「話を聞けば、眠りに誘う香り付きの手紙だそうで。優雅ですねぇ」

軽口を叩きながら、リットは文箱の上にフリージスをばら撒いた。

「フリージスの花に解毒作用はないぞ。一級宮廷書記官どの」

医薬師長へリットが首肯した。

「知っています。しかし、これだけ大量にあれば、眠り薬の香りも中和されるでしょう」

こんもり、と小卓の上には紫のフリージスの山ができている。ほろほろと、乗り切らなかった花が床に落ちた。窓から入る風が、甘酸っぱい香りに染まる。

「リット様。僕はどうしたらいいのでしょうか？」

「もう少し花瓶になっていてくれ」

トウリが冷めた視線で主人を見た。

「怒りますよ」

「冗談だって」

「こんなときに冗談を言っている場合ですか！」

「お前が一番年若い」

リットは笑わない。

「同じ量でも、眠り薬の効きが一番早い。フリージスの香りを抱いていろ」

ぽん、とジンがトウリの肩に手を乗せた。

「心配しているんだ。あれでも」

「はい」

トウリが白いフリージスに顔を埋めた。ふっとジンが微笑む。

リットがフリージスの山から文箱を掘り出す。

「さて、もういいかな」

躊躇なく蓋を開けた。

「ん。平気そうだ。上等、上等」

眠り薬の香りは、フリージスに負けた。

「封筒には、ルリア王女の名と」

リットが手にした封筒を裏返す。

「獅子の飾り文字か。ふーん。獅子は上手くないな。二六点」

「評価させるために呼んだわけではない」

厳しいラウルの声に、リットは肩をすくめた。

「わかっています。いつもの余裕がないですね、ラウル様」

「この状況で、あってたまるか」

「『王に安眠なし』ですからねぇ」

「御託は不要。あとで覚えていろ、リット」

「うっわ。こっわ」

軽い声音とは裏腹に、リットは真剣な表情で便箋を手にした。

ラウルがシズナを見る。

「本当に、メリア王女からの手紙なのか」

「ええ。ルリア様があの子からだと、仰いました」

ラウルが舌打ちをした。

「医薬師長」

「は、はい」

「フルミアに存在する気付け薬、全部持って来い」

「ぜ、全部ですか？」

　第一王子の命令に、医薬師長は慄く。

「そうだ。夏の離宮にも馬を飛ばせ。大図書室に薬学の本が大量にある。気付け薬、解毒剤について調べさせろ。今すぐ」

「は、はい！」

　医薬師長が慌てて部屋を出て行った。

「……暴君ですねぇ」

　ぽつりとリットが呟く。

「何とでも言え」

　吐き捨て、ラウルが寝台の傍に立つ。眠っているルリアを見下ろす。すうすうと安らかな寝息。ぴくりとも動かない瞼。薄紅の唇が言葉を紡ぐことはない。

　慌ただしい足音が聞こえた。

　もう医薬師長が戻ってきたのか、と全員の視線が扉に集まる。

　扉が開かれた。

「申し上げます！」

マエスだった。

「メリア王女が王城に到着しました！」

第9筆　眠り姫と夢見姫

「あぁ、やっとお会いできましたわ。ラウル様」

髪の両側を編み込み、ハーフアップにした少女が、うっとりと青い目を細めた。

「メリア第二王女」

苦虫を潰したようなラウルの表情に、メリアは首を横に振る。

「メリア、と呼んでいただいて構いませんわ」

「何故、お前が銀雪の国(フルミア)にいる？」

「ラウル様にお会いしたくて」

ふふ、とメリアが微笑む。その目元が姉に似ている。

「手紙はお前の仕業か」

「手紙？」

メリアが首を傾げた。

「惚(とぼ)けるな。ルリアに眠り薬を盛っただろう」

「さあ？　何のことだかわかりませんが、お姉様にお手紙は出しましたわ」

「獅子の飾り文字」

　窓辺に立つリットが口を挟む。

「これは、メリア様の直筆ですね？」

　白い封筒をリットが見せれば、メリアは頷いた。

「そうよ」

「便箋も？」

「ああ、それは代筆をお願いしましたわ。文字が綺麗な方がいましてよ」

「……ほう」

　リットの瞳の温度が下がった。鋭い目で、便箋を睨む。

　洋紙の縁に、金色のインクで葡萄の蔦と実が描かれている。文字は、黒い上等なインク。流麗ながらも、力強さを感じさせる筆跡。

「リット？」

　ジンが声を掛けるが、リットは微動だにしない。その翠の目は、文面ではなく葡萄の飾りをなぞっている。

「おい、リット！」

　ジンの大声に、やっと顔を上げた。

「随分と熱心に手紙を読んでいたな。何かあるのか？」

「……ああ。俺の案件だ」

感情のこもらないリットの声。

ラウルの眉が跳ねた。

「どういうことだ、リトラルド・リトン一級宮廷書記官」

正式名で呼ばれても、リットはラウルに答えない。代わりにメリア王女へ尋ねる。

「手紙に眠り薬が仕込まれていたことは、ご存じでしたか？」

まあ、とメリアが上品に驚く。

「そうですの？　知りませんでしたわ」

白々しい、とラウルが吐き捨てた。

「では、お姉様は？　ぐっすり眠ってらっしゃるの？」

「自分の目で確かめればいい」

ラウルの言葉に、メリアが笑う。部屋の奥、シズナが傍に立つ寝台に歩み寄る。

寝台で、ルリアが眠っていた。

「ああ、お姉様。深い夢の中へ旅立たれてしまったわ」

メリアが声音だけで嘆く。顔には微笑みが浮かんでいる。

「貴女様の仕業か！」

今にも噛みつきそうなシズナに、メリアは可愛らしく小首を傾げた。

「こうなってしまったら、今宵の生誕祭の舞踏会に、お姉様は出席できませんわ。ラウル様のお相手は、わたくししかいませんね」

「それを気にされるのですか！」

はっとシズナが気づく。

「まさか……、それだけのために？」

シズナの唇が戦慄く。

「ご自分が舞踏会でラウル様と踊るためだけに、ルリア様を眠らせたのか！」

「まあ、人聞きが悪い。わたくしは知りません」

ツン、とメリアはそっぽを向いた。

「でも。こうなっては仕方ありませんね？」

ラウル様、とメリアが甘い吐息をつく。

「――わたくしをお選びになって」

悪寒がシズナの背筋を走った。

メリアは、舞踏会の相手のことだけを言っているのではない。

もし、このままルリアが眠り続けるのなら。

目覚めないのなら。

金陽(シンバル)の国の王女は――メリアだけ。

ラウルが眉をひそめた。察したのだろう。

シンバルと婚姻関係を結ぶなら、その相手はルリアではなく。

「愛していますわ。ラウル様」

メリアが嗤った。

「……リット」

「はい」

ラウルの声に、リットは手紙の洋紙から顔を上げた。ラウルの紫と目が合う。

「なんとかしろ。ルリア王女を起こせ」

「なんとかしろって……丸投げですか。暴君ですねぇ」

「できなければ首を刎ねる」

「おお、こわ。王太子ではない第一王子殿下は、余裕がない」

ラウルの表情は厳しい。

「その通りだ。皮肉を聞き流せるほどの余裕はない」

「けれども、打開策がないわけではないですよ」

リットの微笑に、ラウルが目を丸くした。

「どういうことだ?」

「斬首されるべきなのは、俺ではないということです」

飾らないリットの言葉に、ジンとトウリが顔を見合わせた。いくら気安く優雅不遜なリットでも、ラウルの前では分を弁えている。

　俺という一人称は使わない。

「メリア王女様」

　リットがメリアへ貴族礼をした。名乗る。

「一級宮廷書記官のリトラルド・リトンと申します。この美しい手紙について、教えていただきたい」

「何かしら」

「代筆したのは、茶髪に翠目の男ではありませんか？」

「ええ、そうよ。あなたのような、彩色の方でしたわ」

　メリアが頷いた。愛らしい目を、ぱちくりと瞬かせる。

「それが、どうかしまして？」

　リットの口元が歪む。

「その男は、サードと名乗りませんでしたか」

　ジンとラウルが息を呑んだ。

「そう名乗りましたわ」

　メリアの肯定に、リットが盛大にため息をつく。

「──あの野郎」

暗く冷たい主人（リット）の声音に、トウリはびくりと肩を震わせた。

「リ、リット様……？」

「トウリ。もう少し、黙って花瓶になっていてくれ」

トウリが押し黙る。怖い。明確に機嫌が悪くなった主人の言葉に従い、両手に持つ白のフリージスに顔を埋（うず）めた。甘酸っぱい香り。心が癒される。

「ラウル殿下」

リットの翠の目が第一王子を射る。

「覚悟を決めてください」

「何の覚悟だ」

ラウルが怪訝そうに言う。

「ルリア王女を目覚めさせるのに、オレの覚悟が必要なのか。何故だ」

「今後に影響するからです。主に、そこなシンバル第二王女」

「わたくしですか？」

唐突な話の流れに、メリアはきょとんとする。しかし、それも一瞬のことで。余裕たっぷりに微笑んだ。

「ああ、ラウル様がわたくしを選んでくださるからですね？　そうですね？」

リットは答えず、言葉をぶつける。

「眠り薬の、気付け薬をお持ちですか」

メリアの笑みが消えた。つまらなそうに、首を横に振る。

「持っていませんわ。だって、眠り薬を仕込んだのは、わたくしではありませんもの」

「嘘だ！」

シズナが叫ぶ。今にも長剣を抜いて斬り掛かりそうな彼女を、ジンが腕で制す。

「落ち着け」

「落ち着いていられるか！　我が主君のことだぞ！」

琥珀色の瞳が、怒りに燃えている。

「シズナどの。いかなる時も、騎士は冷静さを失ってはいけない」

そう諭すジンに、シズナは唇を噛んだ。正論だった。

「リット」

静かに、ジンが友を呼ぶ。

「頼む。ルリア王女を助けてくれ」

驚いたようにシズナがジンを見上げた。灰青(かいせい)の瞳は、真っ直ぐにリットを見つめている。

「そのつもりだ、ジン。俺の案件でもある」

窓際に立つリットがジンを見返す。陽光を背後から受けて、リットの髪が金色に染まった。

「――『この葡萄を読む者へ』」

リットが手紙を読み上げる。

「『古からの眠り姫の約束を思い出せ』――」

メリアが眉をひそめた。

「そのようなこと、書いた覚えはありませんわ」

「そうでしょうね」

リットが頷き、手紙を一同に見せた。

「書面ではなく、縁飾りの金の葡萄にメッセージが隠されています」

洋紙の縁(ふち)に、金色のインクで葡萄の蔦と実が描(えが)かれていた。ひと目見ても、メッセージが隠されているとは、わからない。

「葡萄の実に似せた文字、しかも鏡文字ですからね。普通なら気づきません」

ほう、とラウルが息をついた。

「さすがは一級宮廷書記官だな」

「褒めは結構です。ラウル殿下」

続きがあります、とリットが言う。

「――『麗しの口づけで姫は目覚める』」

メリアが悲鳴を上げた。

「そんな、嘘よ！　永遠に眠り続ける薬のはず！」

しん、と室内が静まる。

「気付け薬も解毒剤もないって、サードが言ったわ！」

信じられないように、シズナが唇を震わせた。

「メリア様……、今の、お言葉は、本当ですか」

メリアの青い目が大きく見開かれた。

「語るに落ちる、ですねぇ」

呟いたリットを、メリアが睨みつける。

「わたくしを騙したのね……！」

「まさかまさか。そんなそんな。ちゃんと、手紙に書いてありますよ」

メリアがリットから手紙をひったくった。びりびりと破く。

「何を！」

シズナが非難の声を上げた。

「知りません！　わたくしは、何も知りませんわ！」

目に涙をためて、メリアがラウルを見つめる。

「助けてください、ラウル様！　これは何かの陰謀です！」

ああ、とラウルが頷いた。

「確かに、陰謀だな」

「ああ、ラウル様……」

うっとりと、メリアが微笑んだ。潤んだ目に、薄紅の頬。誰が見ても、愛らしい姿。

だが、第一王子は背を向けた。

「ラウル様?」

戸惑うメリアに、ラウルは言い放つ。

「望み通り、助けてやろう」

ルリアが眠る寝台の横に立つ。ルリアの頬に掛かっていた髪を、指で払う。

「お、お待ちになって! ラウル様ぁ!」

メリアの制止を聞かず、ラウルは屈み込む。ルリアに口づけをする。

「い、いやああああああああああ!」

シンバル第二王女の悲鳴が、銀月の間に轟いた。

第10筆　王子と王女

夜の帳(とばり)が下りて。

シャンデリアが燦然と輝く大広間で、ひと組の男女が踊っている。

楽団が奏でるのは、華やかな一曲目(カドリール)。舞踏会の主役と隣国の王女が優雅にステップを踏めば、取り巻く人々からため息が零れた。

「ああ、なんて素敵なおふたりでしょう」

薄紅のドレスのご令嬢が呟けば、薄緑のドレスの友人も続く。

「凛々しいラウル様。さすがは第一王子様……。私とも踊ってくれないかしら」

「伯爵令嬢のアナタは望み薄ですわよ」

薄紅ドレスのご令嬢の言葉に、薄緑ドレスが口を尖らせた。

「あら、わかりませんわ。今宵は生誕祭ですもの。ラウル様が結婚相手をお選びになると噂ですよ」

「それだけではありませんわ。陛下が正式に王太子としてご指名なさるとか。ご存じありませんの？」

「まあ！」

薄緑ドレスのご令嬢が洋扇（クリム）で口を隠した。

くふふ、とふたりで笑い合う。

「素敵ですわね」

「素晴らしいですわね」

大広間の中央で、ラウルと鮮やかな黄（ジョンブリアン）のドレスを纏った王女が踊る。

「ラウル様」

楽団の音に紛れて、彼女が口を開く。

「何だ」

「フルミアの白い黄金。もう少し、採掘量を増やせませんか」

「こんなときに商談とは。さすがだな」

ラウルが手を繋いだ手を掲げる。くるり、と彼女が回った。ドレスの裾がシャンデリアの光を受けて金色に輝く。

「それなら、小麦の輸出を三割増やしてもらおうか」

「まあ。抜け目ないですわね」

「採掘をするにも、人手がなければならない。民を養わねばならない」

「では、シンバルからも人を集めます」

王女が微笑む。

「小麦を運ぶ用事もありますしね」

最後の弦楽の音。ふたりが踊りをやめる。

見つめ合う。

「商談仮成立だ。ルリア王女」

「仮ですか。慎重ですね、ラウル殿下」

ラウルとルリアが揃って王と王妃に頭を垂れる。

盛大な拍手が沸いた。

王が玉座から立ち上がった。

大広間が静まり返る。一番手のダンスを褒める慣例。

「ラウルよ。見事な舞踏であった」

「はっ」

「齢一九になったことを、余は祝福する」

「有り難き御言葉」

ラウルが真っ直ぐに王を見る。自分と同じ紫に見つめられ、王は微かに笑った。

「ラウルよ。何ぞ、望むものはあるか？　祝いとして授けよう」

「では、陛下。これを」

ラウルがルリアを抱き寄せた。

「我が妻にください」

　ぱちくり、とルリアが青い目を瞬かせた。

「ラ、ラウル様？」

「嫌か」

　至近距離の紫の色彩、その目に真剣な光が宿っている。

「嫌ではありません。しかし、もっと、こう……権謀術策の手札として切り出すかと思いました」

「その通りだが。不服か？」

「わかりました。私抜きの駆け引きですね」

　ルリアとラウルが揃って王を見た。

「シンバル国王に一報を送っておこう」

　王が大広間を見回した。壁際で隠れていた彼を見つける。

「リトラルド・リトン一級宮廷書記官！」

　逃げ出そうとしたリットの襟首を、ジンが掴んだ。

「ほら、陛下がお呼びだ」

「ジン。後生だ見逃してくれ」

「王前逃亡とは何事か、友よ」

「戦略的敵前逃亡だ、友よ」

「なおさら悪い」

ずるずると、ジンが王の前にリットを引きずり出した。

「捕獲ご苦労。ジン・ジキタリア近衛騎士団副団長」

「はっ。光栄であります」

一方のリットは嫌そうに顔をしかめて、それでも居住まいを正す。

「信書代筆でございますか？」

「そうだ」

王が首肯する。

「この件と、次の旨をシンバル国王に書いて送れ」

「次の旨……、あー、ソウデスカ」

リットが指で頬を掻く。王前での不遜な態度に、ジンがリットの頭を左手で叩いた。

「いった。何する、ジン！」

「王の御前だぞ。ちゃんとしろ！」

「俺はいつでもちゃんとしている」

「どの口が言うか！」

ふふふ、と王妃が微笑ましげに洋扇で口元を隠す。

「青年たちの戯れは横に置いて。どうぞ、陛下」

王妃の言葉に、リットとジンが口を噤んだ。直立不動で腕を背中で組む。王と王妃から見えない背後で、肘をぶつけ合う。その様子に、壁際で控えていたトウリがため息をつく。

王が咳払いをした。

しん、と静寂が満ちる。

その中で、王は高らかに宣言した。

「今宵をもって、我が子息ラウルを、王太子とする！」


満月に近い月が昇った。

「……無粋だな」

大広間の一階から、リットは灯りが入った庭を見ていた。白い月光の下、蝋燭の入った角灯が庭の小道に置いてある。

「トウリ」

「はい」

「お前、ちょっと灯りを消してこい」

「はい？」

怪訝そうに眉を寄せる侍従に、リットはあの木の辺り、と指差した。

「いったい、何の思い付きですか」

「庭を歩く者のために雰囲気を演出」

「はぁ……？」

首を捻るトウリを、リットは早く行けと手で追い払う。

「わかりました。では、代わりに働いてくださいね」

「俺の出番は……、明日かな？」

リットが視線を投げれば、王太子となったラウルと、ルリア王女が人々に囲まれていた。有力貴族筆頭のフィルバード公爵家当主が、唾を飛ばして何やらラウルへまくし立てている。ラウルは無表情で相槌を打っている。見事に聞いていない。

リットが呟く。

「シンバル王への立太子報告と、ルリア王女を嫁にくれ願い、か」

「内容は合っていますが。その言い方はどうかと思いますよ、リット様」

「小言が多いぞ、トウリ。勇敢な獅子の飾り文字で盛大に装飾するから、多少皮肉が混じっても読み流される。信書とはそういうものだ」

「本当ですか？」

「たぶん、半分は」

「駄目じゃないですか！」

はっはっは、とリットは非難を笑い飛ばして、大広間に足を向けた。ひらり、とトウリに向けて手を振る。

むう、とトウリは唸った。主人に言われたことは、遂行しなければならない。不服ながらも、夜の庭に足を踏み入れた。

「リット！」

涙声のジンが駆け寄る。

「どうした、ジン。大広間で、狼と鯨がダンスでもしていたのか？」

「……たすけてくれ」

しおれた花のように覇気のないジンに、リットは目を丸くした。

「やあ。良い夜だね、一級宮廷書記官どの」

女性を連れたレガートが笑った。

「ああ、そういうことか」

リットが天を仰ぐ。大広間の天井に惜しみなく使われている銀の装飾。その輝きが目に刺さる。

リットは笑みを顔に浮かべた。女性に声を掛ける。

「初めまして。――リリア・コーネス嬢」

兄のレガートと同じ黒髪に緑の瞳。整った相貌。家が没落していなければ、多くの貴族子息から引く手数多（あまた）だっただろう。

「初めまして。リット・リトン一級宮廷書記官様」

リリアが令嬢礼儀（カーテシー）をした。柔らかな物腰とは裏腹に、緑の目には強（したた）かな光が宿っている。

「ジン様の返信を代筆なされたでしょう？」

おや、とリットの目が瞬いた。

「どうして、そうお思いに？」

「ジン様にしては気の利きすぎた、波風立てないお断りのお手紙でした」

それに、とリリアが続ける。

「心から本当に嫌であれば、ジン様は面と向かって断ってくださいます」

「……だ、そうだ。ジン。なかなか聡明なご令嬢だな」

「他人事だと思って。見捨てるな、友よ！」

ジンがリットの両肩を掴んだ。

「痛い痛い、わかった！　縋（すが）るのは許すから、力の加減をしてくれ」

「す、すまん！」

慌ててジンが手を離した。リットが肩を回し、息をつく。

「それに。残念ながら、リリア嬢とお付き合いするには障（さわ）りがあるぞ」

リットの言葉に、レガートとリリアが眉をひそめた。

「どういう意味だい？　リットどの」

「レガートどのは、ご存じないので？　まっさかー」

軽口には似合わない、リットの鋭利な翠の瞳に、レガートは口を噤む。

「頼む、リット。おれにもわかるように説明してくれ」

ジンの懇願に、リットはあっさりと頷いた。

「ルリア王女襲撃の三件で、気になる点があった」

「何だ？　三つとも、メリア王女の仕業だろう」

ジンが首を傾げる。首謀者のメリア王女は、王城の一室で監視下に置かれている。ラウルの覚悟がよほど衝撃的だったのか、放心状態で話は聞けないらしい。

リットの口元が微かに歪んだ。

「王都に入る前の襲撃二件は、メリア王女の仕業だ。だが、街中の一件は違う」

「裏稼業の男たちをメリア王女が雇って、襲わせたんじゃないのか？」

ジンの言葉に、リットは首を横に振る。茶髪の長い三つ編みが尾のように揺れる。

「メリア王女は、すでにルリア王女が王都に到着していると知らなかった。だから、道中を狙ったんだ」

リットが笑みを消す。

「王都守護のスレイ騎士団、それも副団長なら。王都にやって来た人物ぐらい把握できるだろう?」

「……やだなぁ、リットどの」

レガートの笑みが威嚇に変わる。

「一日に、どれくらいの出入りがあると思っているの。すべて把握するなんて、無理だよ」

「対象を絞ればいい」

あっさりとリットが言う。

「女性ふたり組で用心棒がひとりかふたりいる一行、もしくは女性ふたりだけ。後者は目立つから、すぐわかる。聡明と名高いルリア王女のことだ。事前に王都に潜入するかも、と読んだのだろう? 聡明なレガートどの」

「それでも、何十組もいるじゃないか。それに、ラウル殿下の生誕祭を祝うため、王都を訪れる旅人は多い」

リットが右手の指を三本立てた。

「生誕祭前日の三、四日前だけ気にしていればいい」

レガートが口を噤む。それでも、まだ緑の目は面白がっている。

「シンバル王女様だ。遅くとも生誕祭前日には王城に到着していなければ、体裁が悪い。生誕祭の二日前。これは王都の出入りが最も激しく、紛れることもできるが、襲撃を受ける危険性も高い。ゆえに却下。もっと早め。と、なれば。三、四日前が妥当だ」

「……ふうん。面白いね」

レガートが低く、喉で嗤った。

「それで？　もし僕が、ルリア王女の事前到着を知っていたとしたら。何か問題でも？」

「レガートお兄様の役目は、そこまでですねぇ」

リットの惚（とぼ）けた言い方に、レガートの柳眉が跳ねる。

「それらしい人物が到着した。あとは、妹リリア嬢の役目ですね。裏稼業を雇って、ぬるい襲撃。いくら小物の男たちと言っても、結構な金額が必要じゃありませんでしたか？」

リリアが表情を曇らせて、首を横に振った。

「さあ？　何のことをおっしゃっているのだか、わかりませんわ」

「裏稼業の雇い賃は、メリア王女から出た」

「っ！」

息を呑んだリリアに、リットが追い打ちをかける。

「ついでに、襲撃したのはメリア王女から依頼があったから」

「本当か、リット！」

ジンの声に、何事かと周囲の耳目が集中した。

「だとしたら、大事（おおごと）だぞ！」

「大声を出すな、ジン。真実かどうかは、リリア嬢の口から聞かせていただこう」

どうぞ、とリットが手の平を向けて、リリアを促す。

「証拠がありません。すべては机上の空論です」

きっ、と彼女の緑の目がリットを睨む。

「聡明なレガートどのが、裏稼業の男たちから雇い主のことを聞き出せていない。これは、何かあるかなって思って」

「お褒めにあずかり光栄だね。リットどの」

「ああ、お気になさらず」

リットが芝居掛かった声音で言う。

「全然、まったく、褒めていませんから一。没落って、成り上がりたいだろうコーネス兄妹様？」

「……辛辣だねぇ。キミは」

レガートがリットを見る。緑と翠がぶつかり合う。ぴり、とふたりの間に見えない火花が散る。

「成り上がるために、我が友を利用されては困ります」

リットの言葉に、ジンの灰青（かいせい）の目が大きくなる。

「おい、リット……。どういうことだ」

「お前は、お前の魅力に気づいていない」

真剣な顔でリットは言う。

「王族に近い近衛騎士団の副団長。剣の腕は国内随一で、その名は隣国にも轟く、栄誉ある名。実直な性格だから浮気はしない。爵位なしのリリア嬢にとっては、身分が釣り合い、なおかつ将来性がある、絶好の踏み台だ」

「……お断りされましたけど」

リリアがそっぽを向いた。

「おや、否定しないことが肯定？」

「揚げ足取りは品位を落としますよ、リット様」

「ついでに、ジンとお付き合いを始められたら、それとなく伝えるつもりだったんだろ？」

リットが頬に手を添え、憂いの息をつく。

「『メリア王女から襲撃の依頼があって……、脅されて、弱小貴族のワタクシには断れなくて……。でも、ルリア様を本当に危険にさらすわけには、いかなくて……、スレイ騎士団の巡回経路なら、すぐに助けが入ると思ったから……』みたいな？」

頭痛を覚えて、ジンが額に手を当てる。

「リット。……真面目なのか不真面目なのか、はっきりしろ」

彼が嗤う。

「貴女様はどう思われますか？　――ルリア王女」

リット以外が振り返れば、ルリア王女が立っていた。

その傍には顔を強張らせたシズナが控えている。

「素敵な机上の空論ね。リット様」

「あ、呼び捨てでお願いします。ラウル殿下に首チョンパされてしまうので」

「リット。不敬だぞ」

ごす、とジンの左肘がリットの鳩尾(みぞおち)に入る。痛みでリットがうずくまる。

「――今の話、まことか？」

シズナの厳しい声に、レガートは笑みを浮かべる。

「知らないよ。だって証拠がないもの」

「ふざけるな！」

一喝したシズナを、ルリアが手で制す。

「コーネス家のご兄妹ですね」

「それが、何か？」

にこにこと、上辺だけの笑顔でレガートが答える。一歩、前に出てリリアを自分の背に隠す。

「爵位をお望みで？」

ルリアの問いに、臆面もなくレガートが頷く。

「まあね。フルミアは、むかつくほどの身分主義だ。爵位がなければ、妹に良い思いをさせてやれない」

噛みつくようにレガートが言う。

「食べる物も、着る物にも困ったことはないんだろうね？　ルリア王女様」

「ええ。おかけ様で」

ルリアは首肯した。レガートの皮肉を真っ直ぐに受け止める。

「レガート・コーネス」

不躾なルリアの呼び方に、レガートは眉間を寄せた。

「悪いけど。僕は貴女の臣下じゃない」

ふふふ、とルリアが微笑む。

「シンバルの侯爵位を授けます」

その場の空気が凍った。

「……ルリア様？　何を？」

シズナが戸惑いの声を漏らす。

「あの子の陰謀の一端、その情報提供の見返りですわ。いかがかしら？」

「随分と……、大盤振る舞いだねぇ」

レガートの笑みが引き攣っている。

「お祝いです。ラウル殿下の生誕祭ですもの。多少、懐の紐が緩くなっても、構いませんわ」

「それを言うなら財布の紐です！」

シズナの指摘に、ふふふ、とルリアが笑う。

いてて、とリットが立ち上がった。

「上等な買い物だと、思いますよ」

「ほら、シズナ。リット一級宮廷書記官のお墨付きですよ」

「推薦状でも書きましょうか？　有償で」

「抜け目ないですね」

シズナは主人の言葉に頭を抱えた。

ジンはリットの言葉に頭を抱えた。

「じゃあ、そういうことで」

したり顔で、レガートが言った。

第11筆　月夜の舞踏

「何だか……、狐に化かされたような心持(こころもち)だ」

庭のバルコニーで、ジンが手すりに背を預けた。夜空を見上げる。満月に近い月が輝いている。

「権謀術策が踊る王城だからな。ワルツでも踊ってくればいい」

リットがジンの隣に立つ。手にはアイスティーのグラス。

「今宵はもう、勘弁してくれ」

ジンのぼやきに、リットが気づく。

「そう言うな。お前に客だぞ」

目線だけでリットがジンを促す。

「……シズナどの」

騎士の礼服を凛々しく着こなしたシズナが立っていた。肩から胸に掛かる、金の飾り緒が夜にきらめく。

「ジンどの。その……、お怪我は、平気か？」

ジンの右手には包帯が巻かれている。

「平気だ。心配ありがとう」

ジンが微笑んだ。リットが口を開く。

「こいつは傷の治りが特別に早い。気にするな」

きょとんとするシズナに、リットが続ける。

「ジキタリア家の中で、ジンだけだ」

「どういう、ことだ？」

「剣の鷲大狼（グリフィネール）は、聞いたことあるよな？」

リットの言葉にシズナが頷く。

「灰青（ジキタリア）の牙という名の意味は？」

「いや……」

うん、とリットがひとつ頷いた。

グラスをバルコニーの手すりに置き、両手でジンとシズナの背中を押す。

「な、何だ。リット！」

「ジン。ここからは、お前の口で言え」

ぐいぐいと、ふたりを庭へと押し出した。

「ついでにワルツの一曲でも踊ってこい」

健闘を祈る、と手を振って、リットはグラスを持ち大広間へ消えていった。

残されたジンとシズナが、顔を見合わせる。

「ええと、その……」

シズナが言葉を紡ぐ。

「傷の治りが早い、とは？」

「あぁ……、うん」

気が乗らなそうなジンの声音に、シズナが慌てた。

「いや、答えたくなければいいんだ。リットどのが意味深に言うから、気になって」

ふっとジンの口元が緩んだ。

「シズナどのが良ければ、庭でも歩きながら話そうか。おれも、ズルしているみたいで、気に掛かっていた」

蝋燭が入った角灯が、庭に点々と置かれている。夜風が吹けば、甘酸っぱいフリージスの花の香りがする。

植えられた花木（かぼく）の間を、ふたりが歩く。風に乗って、楽団が奏でる音楽が聞こえてくる。

「ジン・ジキタリア。おれの正式名（フル・ネーム）だ。陛下から賜る、栄誉の隠し名（ヴァーチャス）はない」

歩きながら、シズナが記憶を探る。

「隠し名（ヴァーチャス）……。確か、武功や功績を上げた者に王が授ける、フルミアの栄誉だったな」

「よく知っている」

ジンが笑った。その裏表のない表情に、シズナの心臓が飛び跳ねる。

「と、当然だ。隣国のことは頭に入れてある」

「灰青（ジキタリア）の牙の意味は？」

うぐ、とシズナが言葉に詰まった。

「し、知らない……」

「うん。そうだろう。おれも話さないようにしているから、知っているのは一部の人間だ」

「リットどのは知っているのか？」

「まあ」

「——うらやましい」

自然に零れ出た言葉に、シズナは驚愕した。

「い、いや、その。仲が良いんだな」

「ああ。大切な友だ」

柔らかなジンの声に、シズナは並び歩く彼を見上げた。角灯の灯りを受ける、彼の灰青（かいせい）の瞳が美しい。

「フルミアは銀と岩塩を産する。昔から、シンバルをはじめ、近隣各国から領地を狙われてきた」

ジンの声が夜闇に溶ける。

「独立を守る中で、戦いの最前線で剣を振るう一族ができた。ジキタリア家。血統の元はもうわからないが、その中で灰青（かいせい）の目を持つ者が現れた」

ぴくり、とジンが何かに反応した。

ジンと共に、シズナがバルコニーのほうを振り返る。遠目に、リットとルリアの姿が見えた。

距離があるので会話は聴こえない。

「あいつ……、余計なことを」

「どうした、ジンどの？」

困ったように、ジンが眉を寄せた。

「ルリア様に、シズナどのは逢引き中です、と言いやがった」

「な！」

シズナの頬が赤く染まる。

が、すぐに顔が青ざめた。

「ちょ、ちょっと待て！　この距離で、ふたりの会話が聞こえるのか？」

「ああ。この目を持つ者は……聴覚や視覚、身体能力が高いんだ。呪いのようにな」

シズナが息を呑む。

「それで――剣の鷲大狼（グリフィネール）。灰青の牙（ジキタリア）か」

シズナは木の下で足を止めた。角灯の灯りが消えていて、薄暗い。

彼がどのような顔をしているのか。

シズナには、見えない。

「力は正義じゃない」

ジンが言う。

「だから、おれは間違えてはいけない」

同じように足を止めて、ジンが振り向いた。

「あと何年、命数が残されているか知らないが。何かを守るために、剣を振るおうと誓った」

何でもないように言う、彼が恐ろしい。

シズナの唇が戦慄く。

「あと……何年？」

「高い身体能力の代償に、短命なんだ。それでも二〇と少しは生きた」

ジンが笑った気配がする。

「リットに出会えた。シズナどのにも出会えた。剣を交えることもできたし、おれは幸せさ」

実直な彼の言葉に、シズナは唇を噛む。

「来年、また親善試合を行うことは……できるのか？」

「たぶん、まだ生きているとは思うが。明日のことはわからないな」

気を抜けば緩みそうになる涙腺を、シズナは唇をさらに強く噛んで誤魔化した。

「ジンどのは――」

暗闇で、シズナの足が木の根に躓く。

「危ない！」

ジンが転びそうになるシズナを抱き止めた。

「す、すまない。無礼を！」

密着状態。今更になって慌てる彼が可笑しい。武骨な指、温かな手の平。包帯を巻いた右手に、シズナは手を重ねた。

「ジンどのは、踊れるか？」

「は？」

「舞踏は武闘、という言葉がシンバルにはある」

繋がれた手の意味を、ジンはやっと理解した。

「お、踊れるには、踊れるが。あまり得意ではない」

「リードしてくれ。この暗闇では、私は見えない」

シズナがワルツのステップを始めると、ぎこちなくジンの右手がシズナの腰に添えられた。

静かな庭に、風に乗って楽団の音楽が流れてくる。三拍子のスローワルツ。

灯りは天に輝く銀月だけ。

密（ひそ）やかな舞踏を見る者は、いない。

ルーリリリ、と朝の陽光に鳥が囀る。

オオルリが卵から孵った四羽の雛たちに、せっせと餌を運んでいる。

「準備は良いかい？」

セイザンがミズハに尋ねた。

約束の期限。

オオルリの卵は、今朝すべて孵化した。

「はい」

真っ直ぐに、ミズハはセイザンを見る。彼の後ろに立つリットが、片目をつぶって見せた。

ミズハが机の前に座る。白い洋紙に、羽根ペン。インク瓶。それらを前にして、深呼吸する。

ルーリリリ、とオオルリが鳴く。

「では、ミズハ三級宮廷書記官。花の飾り文字から」

「はい」

セイザンの言葉に、ミズハは羽根ペンの先をインク瓶に浸した。余分なインクは縁で落とす。

白い洋紙に、ペン先が触れる。

書く。

窓の外。瑠璃色の鳥が鳴いている。

hapter 03
The graceful life of court clerk Litt
金と銀の手紙

「助けてくれ、リット！」

血相を変えたジンが、執務室に飛び込んできた。

「なんだ。どうした？　ジン」

紅茶の入ったカップを、リットは机上に置く。その傍ではポットを持ったトウリが驚きに硬直している。

「また、恋文か？」

速足でリットが座る執務机に近づき、便箋を見せた。

「これはまた。シンプルで手の込んだ便箋だな」

リットが言い、文面に目を走らせる。

白い洋紙に、細かな金箔が漉き込まれていた。ひと目見てわかる、その高級さ。記された筆跡は繊細だが、どこか意志の強さが窺える。

「返事は、どう、書いたら、いいんだ？」

ジンが顔を強張らせる。ほう、とリットは息をついた。

「お断りの返事ではないのか」

「そんなわけあるか！」

「へぇ？　どういう風の吹き回しだか」

リットの翠の目が眇められる。

ジンどのへ
たくさん貰っているだろう、恋文に隠されてしまうと思うが、手紙を書く。
手の傷の具合はいかがだろうか？
私の尊厳を守ってくれて、ありがとう。
何故だろうか。ジンどのの灰青(かいせい)の瞳が、頭から離れない。
次も、手合せを願いたい。今度は、負けない。

「素敵な恋文ですね！」

硬直から復帰したトウリが、嬉しそうに叫んだ。

「凛々しい告白だな」

リットが便箋をジンへと返す。

「それで、ジン。どんな恋文をお望みだ？」

「まだ、恋文じゃない」

ぶっは、とリットが噴き出した。

「お前！　朴念仁もたいがいにしろよ！」

む、とジンが顔をしかめる。

「恋文はもっと甘い言葉を囁くものだろう」

主人（リット）と侍従（トウリ）が顔を見合わせた。

揃って、盛大なため息をつく。

「……おい。リット。今、おれを馬鹿にしただろう」

「馬鹿にもしたくなるわ。この鈍感」

うぐ、とジンが言葉を詰まらせる。

「まあいい。返事を出すんだろう？　便箋は……これがいいかな」

執務机の引き出しから、リットが便箋を取り出す。細かな銀箔が漉き込まれている、白い無地の洋紙。

「羽根ペンは、白鷺」

歌うように、リットは机上に並べる。

「インクは、月夜を思わせる濃紺だな」

ことり、とインクが入った瓶が置かれた。

「さて、ジン」

リットの翠の目が、真っ直ぐに彼を射た。

「ああ」

ジンが頷く。

「代筆をたの――」

「お前が書け」

ジンが目を見張った。

「え、いやっ。な、なんの冗談だ？」

「冗談などではない」

リットが椅子に背を預ける。ため息を、ひとつ。

「お前の言葉で、お前の思いを、書け」

言い含めるように、リットが呟く。

「だが……、支離滅裂になるぞ」

「いいんだ。それで」

リットが頷いた。

「拙い言葉でもいい。たどたどしくてもいい。相手を想って書いた言葉は、必ず届く」

「……そうなのか？」

不安そうに、ジンの灰青の目が揺れる。

ふっと、リットの口元が緩んだ。

「シズナどのが嫌いか？」

「そんなことはない！」

ジンの強い言葉に、傍で聞いていたトウリの目が丸くなる。

「ほら。もう答えは出ているだろ、我が友よ」

リットの穏やかな声に、ジンがゆっくりと首肯した。

「トウリ。ジンが手紙を書く。机の準備をしてくれ」

「かしこまりました！」

主人の言葉に、トウリは笑顔で動き始めた。


半月の夜。

帰路の途中。滞在先の屋敷の部屋で、シズナは手紙を受け取った。

真っ白い封筒を裏返せば、彼の名。じんわりと頬と胸が熱くなる。

「あら、シズナ。恋文かしら？」

ルリアが目ざとく気づく。

「ち、違います！」

ふふふ、とルリアが笑う。

「恋の相談は、いつでも受けますからね」

「……うぐ」

頬が赤くなるのが自分でもわかる。シズナは逃げるようにバルコニーへ出た。夏でも、夜風はひんやりとしている。火照った体に心地よい。

封筒を開け、便箋を取り出す。

半月と部屋の明かりに照らされて、細かな銀箔がきらきらと輝く。天上に瞬く星々のようで、ため息が出た。月夜を思わせる濃紺のインクで、丁寧に、実直な文字が綴られている。

シズナどのへ
手紙をありがとう。確かに受け取った。
手の傷のことは、気にしなくていい。もう治る。
シズナどのの琥珀色の瞳も、きれいだ。
柔らかな色の中に、強い意志がある。
また、手合せを願いたい。
シズナどのの剣筋は銀月のように美しい。
次も、負けない。

chapter 04
The graceful life of court clerk Litt
穏やかな夜に

夜の帳が下りて。

騎士団の食堂には、ざわめきが満ちていた。

「よう」

片手を挙げて、近衛騎士団副団長を呼びつける。

「……リット」

木製の長椅子に、見慣れた姿が座っていた。

「また、騎士団に来たのか。役人用の食堂を使えと、言っているだろ」

「こっちのほうが落ち着くんだよ」

食事をしている騎士たちの中で、明らかに浮いていた。

「トウリは?」

「紅茶調達」

ジンが向かいに腰を下ろすと、程なくして紅茶のポットを持ったトウリが戻って来た。

「こんばんは、ジン様!」

カップをテーブルに置き、手慣れた様子で紅茶を注ぐ。

差し出された紅茶を受け取って、ジンはため息をついた。

「トウリからも言ってくれ。役人用の食堂を使えと」

「言いました！」

「……それで？」

「駄目でした！」

諦めを通り越して、いっそ清々しい笑顔に、ジンは天井を仰ぐ。アーチが重なった高い天井には、ざわめきと、蝋燭に揺れるいくつもの影。

「……料理を持ってくる。何がいい？　リット」

「あ、もう来るぞ」

首を捻るジンに、リットは指を差す。

侍従よろしく、タルガがトレーにたくさんの料理を乗せて現れた。

「お待たせしました！」

ユーリがワインボトルをテーブルに置き、空いた手で、てきぱきとタルガの料理を並べる。

「お疲れ様です、副団長」

パンからはじまり、野菜のスープ、白身魚の香草蒸し、鶏肉とトルメの煮込み、炒めた野菜、ミートパイ、香辛料を利かせたジャガイモ、キノコのチーズ焼きなどなど。

「厨房は、さぞ忙しかっただろうな」

「いやー、大盛にしてくれました」

ジンの呟きに、タルガが嬉しそうに言う。

皿とフォーク、スプーンをユーリが配る。

「ワイン飲む方？」

ユーリがコルクを開けた。

「はーい」

「一番に返事をするな、タルガ」

「だって、ユーリ。今日の功労賞はオレだろ？」

「功労賞？」

不思議そうにリットが尋ねる。

「城下の巡回で、物取りを捕まえたんです！」

「へえ。そりゃお手柄だな」

いただきます、とリットがパンに手を伸ばす。ジンが取りやすいように、籠を持ってやる。

「トウリも食べよう」

「い、いいんですか？　ジン様」

侍従は主人と食卓を囲わない。

給仕役のつもりだったが、腹は正直で、ぐうと鳴った。

「いいさ、トウリ。無礼講だ」

リットがパンを口に運ぶ。

「……はい！」

トウリが笑顔になる。リットがパンを置き、椀を取った。野菜スープをよそう。

「ほら、トウリ」

主人に椀を差し出され、トウリは慌てて受け取った。

「あ、ありがとうございます」

椀の中から、温かな匂いが立ち上る。オレンジ色の野菜が多く入っている。

「って、リット様！　ニンジンばかりじゃないですか！」

「好き嫌いなく食べないと、大きくなれないぞ」

「正論ですけど、暴論！」

「リット」

呆れたように、ジンが言う。

「ニンジン嫌いを治せよ」

「やだ」

「子どもか」

ぶっは、とタルガとユーリが噴き出す。

「賑やかですね」

「お、ミズハ」

リットの言葉に全員が振り向く。

「リ、リット様に、セイザン様から言付けが」

「何だって?」

もぐもぐと白身魚の香草蒸しを食べながら、尋ねる。

「明日の政務官方々との会議が、一〇時に変更になったそうです」

「よし。ゆったりと優雅な朝寝ができる」

「リット様……」

じとり、とトウリが目を据わらせた。

「冗談だよ」

「冗談に聞こえませんでした」

「ひどいな。俺ほど仕事熱心な宮廷書記官は」

「ミズハ様がいます」

しれっと答えたトウリに、ジンとタルガ、ユーリが笑いをこらえる。

「いやっ、僕は……」

「ミズハー、侍従と騎士たちがいじめるぅー」

「酔っています？　リット様」

空の瓶が四本、五本目の封が切られている。

「ほろ酔いだ。たまにはな」

赤ワインが満たされたグラスを、リットが軽く掲げて見せる。

「ミズハもどうだ。もう仕事は終わっただろう」

「え？　ええ」

「じゃあ、座れ」

ちょこん、とトウリの隣に座る。

途端に、目の前に料理の皿が溢れた。

「飲め、食え」

楽しそうにリットが言う。

「ミズハ様は葡萄の果汁ですよね」

「ちょっと、トウリ」

「ほら、グラス」

ジンが差し出したグラスを、慌てて受け取った。トウリが葡萄の果汁を注ぐ。

「ジン様も酔っていますか？」

「はは。酔うほどの量じゃない」

ジンの前に空瓶が二本。

「では、ミズハどのを迎えて」

顔を赤くしたタルガが音頭を取る。

「乾杯！」

かつん、かつん。グラスが響き合う。

「これ、美味しいですよ」

ユーリが皿に鶏肉とトルメの煮込みをよそった。

「あ、あとパンを」

「はい、どうぞ」

ユーリの言葉に、トウリが動く。籠には焼きたての温かなパン。

「鶏肉をパンで挟むと、すっごく美味しいですよ！」

顔を輝かせるトウリに、ミズハがパンに鶏肉を挟む。つぅっと赤いソースが垂れる。

かじりつく。

鶏肉の肉汁とトルメの甘酸っぱさ。香草の香りがアクセント。

「美味しい！」

皆が笑う。

「食え、食えー。大きくならないぞ」

タルガがキノコの香草焼きをミズハの前に置いた。

「それ、宮廷書記官のみんなにも言われました」

「わっはっは。そうだろうよ」

タルガがグラスの中身を飲み干した。隣のユーリが赤ワインを注いでやる。

「そういえば」

リットがトウリとミズハを見比べた。

「お前たち、どっちが大きいんだ？」

「僕です！」

「ぼくです！」

トウリとミズハの声が揃う。

「はっはっは。どちらにせよ、ジンには及ばないな」

「おれを巻き込むなよ」

リットの言葉にジンがグラスを傾ける。

「どうしたら、ジン様みたいに背が高くなりますか！」

必死なミズハに、ぶっはとリットが噴き出す。

「好き嫌いなく食べること。ニンジンとかな」

ジンがリットの野菜スープの椀へニンジンを追加した。

「あっ、この野郎！」

「お口が悪いですよ、リット様」

呆れた目で、トウリが主人を見る。

「俺は一生分、ニンジンを食べたから、もういらない」

「そう言うなって」

ジンが椀からスプーンでニンジンを掬った。

「ほら、あーん」

「酔っているだろう、ジン」

「ほどほどにな、リット」

「行けっ、トウリ。お前が頼りだ！」

「僕を巻き込まないでくださいよ」

「主人の危機だぞ！」

「ニンジンごときで？」

リットがテーブルに突っ伏した。

「ジンがいじめるぅー。トウリが反抗期ー」

「なんだ。食べないのか」

じとり、と目を据わらせてリットが体を起こした。

「あ」

リットが口を開けば、ジンがニンジンを滑り込ませる。もぐもぐと咀嚼する。

「美味いか？」

「そんなわけあるか」

不貞腐れたようにリットは肘をつく。

トウリたちが顔を見合わせ、次の瞬間、笑い声を上げた。

「ニンジン、食べられるじゃないですか。リット様！」

「ジンが突き付けたからな。食わんと首チョンパだ」

「おれは、そんなことしないぞ？」

「本当かよ」

騎士団の食堂には、賑やかな温もりが満ちている。

宮廷書記官リットの優雅な生活

2022年4月5日　初版第一刷発行

著　者　鷹野 進
発行人　長谷川 洋
発行・発売　株式会社一二三書房
〒101-0003
東京都千代田区一ツ橋2-4-3 光文恒産ビル
03-3265-1881
http://www.hifumi.co.jp/books/

印刷所　中央精版印刷株式会社

ISBN 978-4-89199-814-1 C0193